Comment j'ai marché sur la Terre

FSC
www.fsc.org
MIXTE
Papier issu de sources responsables
Paper from responsible sources
FSC® C105338

Marc Anstett

Comment j'ai marché sur la Terre

Souvenirs d'un Homo artisticus

Du même auteur :

Et si c'était nous
Bid Bang
Journal d'un pigeon voyageur
Le don de l'invisible
Souvenirs d'un coin du monde
Des vendredis dans la tête
Points de vue *(collection privée)*
Histoire de Monsieur Bertrand
Confidences d'acteurs *(collection privée)*
Y si fuéramos nosotros *(en argentin)*
Tango pourpre
Katzen
Dans le bruissement des feuillus
Mes godillots sont dans ton pré
Des plumes sous la peau

Édition : BoD - Books on Demand, info@bod.fr
Impression : BoD – Books on Demand
In de Tarpen 42, Norderstedt, Allemagne
Impression à la demande
ISBN : 978-2-3225-3747-1
Dépôt légal : juin 2024

« L'homme se tient sur une brèche, dans l'intervalle entre le passé révolu et l'avenir infigurable. Il ne peut s'y tenir que dans la mesure où il pense, brisant ainsi par sa résistance aux forces du passé infini et du futur infini le flux du temps indifférent »

Hanna Arendt

Dans un ordre apparent

Gravité

Transports

Contacts

Flottements

Concours

Fluidités

à nos enfants

AVANT PROPOS

Dans le livre d'Anouk Grinberg
« Dans le cerveau des comédiens »
publié chez Odile Jacob en septembre 2021,
on peut lire ceci [extraits] :

Anouk Grinberg, actrice :
On dit souvent des acteurs qu'ils confondent la réalité et l'imaginaire. Mais comment font les autres qui habitent le réel ? Comment notre cerveau perçoit la réalité ?

Laurent Cohen, neurologue :
Le cerveau imagine sans cesse (...)
Tout ce que nous voyons est en réalité un mélange de ce que nous nous attendons à voir, de notre imagination si vous préférez, et de ce qui est vraiment là...

Lionnel Naccache, neuroscientifique :
La perception et l'imagination appartiennent bien à une même grande famille, celle du cinéma intérieur...

Roland Jouvent, Psychiatre :
Nos souvenirs sont aussi des fictions. Notre vécu, aussi vrai qu'on le sente vrai, est toujours une reconstruction, une histoire qu'on se raconte, et nos oublis font partis de ce dispositif. Ça ne veut pas dire qu'on invente, ça veut dire que c'est toujours un récit dont nous sommes les auteurs, les réalisateurs et les acteurs...

Marc Anstett, Homo artisticus :
La mémoire ne se contrôle pas. C'est quelque chose qui nous revient, mais pas forcément au moment où on le souhaitait. Et elle peut être une étonnante surprise. Elle ne fonctionne pas comme je l'imaginais. Dans ce récit, j'ai voulu me souvenir de certains moments, et dans ce qui réapparaît, je ne suis plus certain de rien. Or, comment savoir si ces souvenirs sont réels ou si mon cerveau les a fabriqués sur mesure ?
Je m'appuie très souvent sur des sensations physiques, à l'instar d'une mémoire olfactive, tactile, de la peur, de la quiétude, d'une vision ou d'un son, ou de celle de leur absence.
Je pense avoir plus de mémoire auditive que visuelle. Peut-être parce que je suis musicien. Au théâtre, lorsque je dirige des acteurs, je ferme souvent les yeux pour mieux sentir le jeu. Pour moi, le plus important, c'est le texte, bien que sa justesse découle aussi d'un travail et d'un positionnement du corps dans l'espace, de son rythme, de ses respirations, d'une présence physique. Pour mieux savourer ce qui est dit, j'ai besoin parfois, d'être libéré de ce que je vois. J'ai déjà joué une pièce[1] *dans le noir complet : elle rendait un bel hommage à l'intelligence et à l'imaginaire du spectateur...*
Quant à l'écriture d'un livre, elle obéit à des choses enfouies qui appartiennent autant à l'auteur qu'au lecteur, ou qu'à l'auditeur.
Je pense qu'on transmet l'écriture comme une pulsion de vie. Chacun peut y jouer son identité. Elle peut aussi amener chacun d'entre nous à prendre des vessies pour des lanternes...

---

[1] *La goutte*, pièce de Guy Foissy, chez Actes Sud Papiers, 1987.

« Il n'y a plus que la réalité qui m'intéresse et je sais que je pourrais passer le restant de ma vie à copier une chaise. »

Alberto Giacometti

Gravité

On pourrait croire à un tableau sous nos yeux : c'est la voie lactée qui s'expose.
Le Ballon d'Alsace baigne dans l'obscurité d'une belle nuit du mois d'août.
Le ciel contrasté s'est débarrassé des moutons de la veille.
Plus un souffle de vent.
Aucun bruit alentour.
De vagues résonnances lointaines, dans la vallée invisible.
Des myrtilles juteuses dans notre panier ; cueillies juste avant la fin du jour.
Nous ferons des crêpes savoureuses.

On est en 1974. J'ai 18 ans, elle en a 17. Nous nous sommes allongés côte à côte ; au beau milieu de la route goudronnée qui traverse ce large sommet recouvert de bois et de chaumes ; le dos à même le bitume.
Tout est plongé dans le noir.
Sur quelques mètres carrés à peine, la route est notre seul repère visuel terrestre.
C'est notre rituel.
On ne peut trouver ce noir qu'en montagne, loin de la jungle des villes, ou au théâtre ; autre terrain de jeu, autre terre d'aventure pour faire émerger la vie, pour goûter le faux et le vrai ; construire le réel avec de l'imaginaire, dans un cube noir.
En ville, nous avons fini par perdre la

notion d'obscurité complète. Nous vivons en permanence avec la lumière du jour, dans celle des néons et des lampadaires ; celle des fenêtres ouvrant sur des appartements illuminés avec soirées en cours, apéritifs, téléviseurs. La nuit, en marchant dans les rues piétonnes silencieuses, nous levons le nez vers ces carrés de lumière qui percent les façades. Le jour, nous regardons droit devant nous.
Notre sens premier est la vue.
Même si tout compte fait, nous ne voyons plus grand-chose, de jour comme de nuit ; que l'habitude nous joue des tours ; que notre regard est devenu vague, sans surprise, accoutumé à cette réalité ambiante. Nous serions interloqués uniquement si du jour au lendemain, quelque chose ou quelqu'un avait disparu du paysage, brisant le fil de notre histoire : si une bâtisse s'était évaporée sans prévenir, au coin de la rue ; ou si une personne que l'on avait l'habitude de croiser tous les jours à la même heure et depuis des années, ne faisait plus sa sempiternelle apparition au moment-clé et à l'endroit voulu. Pfuit !

Intérieurement, nous pourrions toujours voir cette bâtisse ou cette personne, grâce à nos souvenirs et à notre mémoire, pourtant, elles ne seraient plus là.
On pourrait alors se poser des questions quant à ces disparitions. Et on pourrait

aussi se poser des questions sur ce monde réel fabriqué en partie par notre imagination. En 2011, j'en ai fait un roman : un huis clos urbain aux allures de polar, en clin d'œil au peintre René Magritte et à son tableau *L'homme au journal.* Une toile faussement naïve et une peinture académique, dans laquelle ce peintre surréaliste forge des images mentales à partir des choses que l'on voit (ou que l'on ne voit plus), grâce à sa vision pénétrante du banal et à sa façon de la transformer en énigme. Ce fut la base de mon scénario.

Mais revenons à l'été 1974.
Le noir qui enveloppait la montagne était d'une épaisseur sans nom. Tout était là, mais plus rien n'était visible. Nous étions allongés dans un bain d'encre. C'est notre imaginaire et notre mémoire qui tenaient les rênes ; qui nous empêchaient de nous égarer dans le néant ; qui reconstruisaient dans nos esprits la réalité du paysage.
Quant au ciel bardé d'étoiles, il était d'une simplicité trompeuse. À l'instar de l'œuvre de Magritte, il nous questionnait ; devenait une énigme. Notre vision évoluait sans cesse entre une réalité reconnaissable et un monde inventé par notre être intérieur.
Le souvenir de cette obscurité me renvoie maintenant à une époque plus lointaine : j'avais six ans environ, et nous étions sur

un autre sommet vosgien, le Markstein. Nous passions les vacances d'été dans un grand refuge, comme chaque année. Trois ou quatre familles étaient réunies là, dont certaines venaient de l'étranger.
Ce melting-pot développait notre imagination et mettait un brin d'humour dans nos échanges, avec un langage à moitié gestuel entre nous.
La ribambelle de gosses vadrouillait sur la route goudronnée en pleine nuit, accompagnée d'un adulte, pour aller chercher le lait à la ferme située à un kilomètre.
Il devait être 8 heures du soir.
On n'y voyait absolument rien…
Nada ! Niet ! Macache ! Que pouic !
Sans nos lampes de poche, nous nous serions perdus. Il ne fallait surtout pas quitter cette route qui nous servait de guide, ni s'aventurer sur les chaumes ou dans le pré bourbeux en contrebas : nous nous serions égarés au cœur du néant, en mettant certainement aussi les pieds dans des bouses épaisses et moelleuses.

Sur le bitume sécurisant, nous jouions à nous éblouir avec nos lampes, en plein visage, à nous faire peur. C'était jouissif ! Nous étions une bande d'aventuriers en quête de frissons, comme dans le *Club des cinq* ou dans *Michel mène l'enquête.* Ceux qui tenaient les lampes étaient les maîtres du jeu. Les autres ne les lâchaient pas d'une semelle, car s'éloigner des lampes, c'était se perdre dans les abysses incommensurables de cette nuit sans lune. Quelquefois, certains faux durs tentaient l'aventure, pour revenir vite fait avec des frissons dans le dos et des voix blanches ! Ceux qui n'ont jamais été en montagne par une nuit vraiment noire, ou ceux qui n'ont jamais marché à l'aveugle dans une bouse, ne peuvent peut-être pas imaginer à quel point ces sensations peuvent être déroutantes et jubilatoires pour une bande de gamins hauts comme trois pommes.

À notre arrivée à la ferme, l'étable était à peine éclairée. Elle était chaude, odorante, habitée par la présence et le mugissement sourd d'un groupe de vaches parquées à deux pas de nous. Nous sentions leur chaleur animale ; nous entendions leur souffle rauque et leur ruminement, leurs coups de sabot dans la paille humide, mais nous les distinguions à peine ; tout comme le visage de la fermière qui prenait des traits inquiétants dans la lueur de la lampe suspendue. Je la connaissais bien pourtant, mais dans ce filet d'éclairage, je ne retrouvais pas ses joues rouges aux pommettes saillantes ni ses cheveux gris roulés dans son foulard, ni son tablier de marcaire. Cette femme appartenait à une communauté de moyenne montagne qui vivait au rythme des saisons, de la lumière

naturelle, loin du vacarme et de la foule. Je la voyais avec des yeux d'enfant, comme un étonnant personnage entre fée et sorcière, échappé d'une légende montagnarde ou d'un conte énigmatique.
Sentir sa présence physique tout contre moi, alors qu'elle remplissait mon bidon en alu avec un lait crémeux et tiède, c'était un frisson supplémentaire aux saveurs gourmandes ; une sensation voluptueuse, mêlant la force rituelle de cette vie rustique à la magie d'un instant hors du temps et quasi irréel.
Dans cet antre mystérieux, la mixité entre humains et animaux jouait un grand rôle : les éléments du décor fusionnaient dans la pénombre ; les silhouettes étaient floues ; chaque chose et chaque être projetait ses ombres de façon étonnante ; les odeurs et la moiteur de l'air nous enivraient, nous emportant dans une autre dimension.
Nous échappions aux contraintes du réel.

Tandis que je revoie la scène, qu'elle renaît dans ma mémoire, je pense aux toiles de Jérôme Delépine - peintre malvoyant - qui était aussi un gamin en culottes courtes à cette époque. Et je pense à son tableau « À travers le temps », qu'il a peint en 2007. Il y représente ses personnages un peu comme des spectres. Ce sont de subtiles dégradés, qui contrastent entre ombre et lumière ; des contours dissous. Il utilise

une grande variété de tons brunâtres et brosse dans l'air ambiant des combinaisons étranges et magnifiques qui semblent imbibées de jus de tabac et de bière vieillie, façon William Turner. C'est une étonnante composition ; c'est le pouvoir ensorcelant de la couleur et l'attrait pour les atmosphères floutées, à l'image de la terre, du vieux bois et de la paille qui fusionnent ici, dans l'obscurité.
Voilà ce qui me vient à l'esprit en me replongeant dans cette étable flottant dans l'espace-temps. Elle baigne dans une obscurité énigmatique, où les noirs, les bruns et les ocres se fondent dans une tiédeur odorante. C'est un tableau vivant, tranquille et chaleureux, presque échappé de chez Rembrandt. L'enfant que j'étais, avec ses six ans tout neufs, ses godillots et son bidon de lait, n'a pas idée de ce que j'y vois maintenant ; de ce que j'imagine avec le recul ; des ponts qui s'établissent entre ce passé et le présent, par l'entremise de ces sensations picturales qui s'installent avec force. Ma mémoire et mon imaginaire fusionnent elles aussi, dans l'humeur de cet instant romanesque, créant des liens indubitables qui peuplent les champs de mon cinéma intérieur.

Lorsque nous retournions au refuge, nous étions à nouveau dans l'obscurité complète. Nous suivions scrupuleusement la route en sens inverse, en poursuivant nos jeux de fantômes, de chauves-souris et d'aventuriers. Dans nos ronds de lumière, on voyait souvent de minuscules crapauds traverser en file indienne. On poussait des cris aigus en sautillant pour les éviter ; pour ne pas les écrabouiller en sentant leurs viscères éclater sous leur peau visqueuse ; ou pour y aller franchement, en quelques coups de talon totalement gratuits ! Car il y avait aussi dans la bande, des petits morveux avides de régler leurs comptes avec ces bestioles inoffensives, histoire d'affirmer sans conscience aucune leur pouvoir de vie et de mort sur le règne animal.

À notre arrivée au chalet, dès la porte franchie, la lumière soudaine était aveuglante, tant nos yeux s'étaient déjà accoutumés à l'ambiance extérieure. Nous passions d'un monde à l'autre en un clin d'œil ; de l'obscurité à la lumière alimentée par le bruyant générateur qui ronflait à la cave ; du silence de la route aux rires et aux murmures de la veillée qui avait déjà démarré, avec ses rituels jeux de société sous les lustres en bois coiffés d'abat-jours en tissu à carreaux rouges et blancs ; ses mamans qui tricotent en papotant, sans jamais regarder le mouvement de leurs aiguilles qui s'entrecroisent de façon instinctive. Et puis les divers jeux de cartes,

le jeu de l'oie, les dés ou le p'tit cochon, et bien sûr le Monopoly, idéal pour ruiner ses adversaires en bon petit capitaliste déjà bien formaté.
On allait chercher le lait à la ferme plusieurs fois par semaine et on se bousculait au portillon pour avoir droit à notre part d'aventure ; pour faire partie du clan des chauves-souris ! Aucun gamin ne restait en rade. La troupe partait toujours au grand complet, avec son matériel d'aventurier, ses petites ailes imaginaires et ses frissons dans le dos.

Pour la nuit, mon père nous installait des veilleuses qu'il fabriquait avec des peaux d'orange, de l'huile et une mèche. Il les posait sur une étagère, près de la porte, car la chambre était trop noire ; beaucoup trop noire. Une fois le générateur coupé et toutes les lumières du chalet éteintes, aucun rai de lumière ne passait plus sous la porte. Nous étions dans un cube noir et silencieux plongé dans l'irréel ! Lorsque les veilleuses étaient arrivées en bout de course, impossible d'aller faire pipi sans se cogner aux lits ou sans se perdre dans le grand néant, malgré un parcours précautionneux basé sur la mémoire que nous avions des distances et du positionnement des objets. Il m'est arrivé de partir dans le mauvais sens et de me retrouver complètement perdu, appelant ma sœur cadette à la rescousse ! ou réveillant presque toute la chambrée, lorsque c'était à une heure avancée de la nuit et que toute la famille était présente. Alors, une fois couchés et blottis sous les couvertures dans nos lits en ferraille, on évitait de se lever. Tant que les veilleuses étaient allumées, on avait quelque chose de visible pour accrocher nos yeux ; pour ne pas être absorbés par cette obscurité totale. Une fois les veilleuses éteintes, il n'y avait plus aucune différence entre les yeux ouverts, clic ! et les yeux fermés, clac ! Il était drôle ce jeu, à fermer et ouvrir les paupières sans que rien ne change. Il n'y avait aucune peur : rien que de l'émerveillement, ainsi qu'une fascination enfantine encouragée par cette magie visuelle et nos tours de passe-passe. Clic clac, clic clac, clic clac !

Après ce jeu de paupières, je faisais défiler dans ma tête les temps forts de la journée que nous avions passée à batifoler dans la forêt, sur la crête, dans les pâturages qui bordaient le refuge, ou aux abords de la chaumière-magasin de souvenirs de M. *Balducci.* Cet immigré italien, communiste et ancien maquisard, avait construit cette maisonnette lui-même, de A à Z, juste à côté de l'hôtel Bellevue. C'est là qu'on achetait ces petites pipes en bois, du style mini pipes tyroliennes décoratives, que nous fumions en cachette, en toussotant.

Nous allions aussi jouer plus loin, en dévalant à travers la forêt jusqu'au tremplin pour le saut à skis, planté au cœur de framboisiers sauvages. Je me souviens de l'odeur de ces buissons touffus, des araignées qui y tissaient leurs toiles, de la fraîcheur de leur feuillage chargé de rosée matinale et de grappes rouges.
On avalait des kilos de ces fruits charnus et juteux, non seulement par gourmandise, mais aussi pour masquer le goût âcre du tabac qui nous piquait encore la gorge et la langue ; du tabac récupéré à partir de cigarettes chipées en douce en faisant les poches des adultes, que nous émiettions entre nos doigts inexpérimentés afin de bourrer au mieux ces pipes de pacotille.
Notre terrain d'aventure s'étendait souvent bien plus bas, jusqu'au lac de la *Lauch*, et la petite troupe échelonnée de six à douze ans faisait du stop pour remonter, surtout s'il pleuvait. Il y avait toujours quelqu'un pour nous entasser à bord de son véhicule. Parce qu'en montagne, on n'abandonne personne sur le bord de la route ; surtout pas de très jeunes enfants marchant sous la pluie avec des seaux de framboises.

Maintenant que j'y pense, je me demande pourquoi mon père nous fabriquait des veilleuses avec des peaux d'orange, au lieu de nous donner simplement des lampes de poche. Était-ce pour la poésie, ou pour

les économies de bouts de chandelles, car nous étions une famille nombreuse ? Ou pour éviter les jeux nocturnes avec leurs faisceaux de lumière planqués sous les draps ? Je me souviens qu'à l'époque nous n'avions pas de voiture, faute de moyens, et qu'il prenait la route avec sa puissante mobylette bleue AV 78, depuis le Ballon de Servance où il travaillait, pour venir nous rejoindre au Markstein le week-end.
Ça faisait presque cent kilomètres ! et par tous les temps.
En ce qui concerne les veilleuses, il n'est plus là pour me répondre. J'aurais dû lui poser la question avant qu'il ne termine sa vie de centenaire - à deux ans près.
Aujourd'hui, il me reste le souvenir de ces moments et l'imagination.

Je me remémore plus précisément cet été 1974, alors que nous sommes allongés sur la route goudronnée du Ballon : plus de dix ans sont passés et les frissons enfantins du Markstein ont disparu. L'obscurité qui nous berce n'a plus la même teneur pour les adolescents que nous sommes. Nous comprenons mieux les réalités du monde. Notre regard sur la nature est plus pertinent. Au-dessus de nous, le firmament est ouvert sur l'infini, moucheté de ses quatre cents milliards d'étoiles. Elles semblent suspendues là depuis la nuit des temps ; ancrées pour l'éternité sans doute.

Émergeant de l'immobilité apparente, des corps célestes filent silencieusement à très grande vitesse et se consument dans l'espace, comme de brèves trainées de poudre. Ces traits étincelants exhausseront nos vœux les plus secrets.

Dans mon souvenir, nos yeux grands ouverts ne pouvaient voir que ce paysage étoilé chapeautant l'obscurité profonde qui avait envahi la montagne. À quelques mètres à peine, la route était absorbée dans un noir de jais, pareil à celui de mon enfance. Il n'y avait qu'en hiver, lorsque la lune était pleine et que sa lueur se reflétait sur la neige : la route était blanche, fondue dans le paysage immaculé qui s'étendait alentour avec ses bosses et ses creux, sa brillance particulière, son glacis bleuté ; sa forêt silencieuse, appesantie par la neige et les glaçons qui pendouillaient comme sur des arbres de Noël ; ses silhouettes de troncs solitaires érigés en plein champ, à l'image de sculptures ou de personnages de contes fantastiques figés et sans voix.
On ne pratiquait pas notre rituel en hiver, sur la route glaciale, mais on s'est souvent amusés à faire de la luge de nuit sur les pistes de ski éclairées par les rayons de la lune, en fonçant à toute allure, au risque d'y faire des chutes dangereuses sur les plaques verglacées ! L'un de nous s'est d'ailleurs cassé un bras. Ce soir-là, on

avait bu plus que de raison pour arroser le repas, et pas mal fumé. Nous fêtions le Nouvel An et la neige était abondante. Une belle poudreuse, volatile, parfaite pour la glisse. D'une blancheur immaculée. De quoi faire rêver les skieurs d'aujourd'hui. Un magnifique cadeau pour le seul groupe d'Homo sapiens en effervescence à trois heures du matin dans un coin reculé de montagne, au cœur du grand silence et de la majesté du monde.

Mais revenons à l'été.
S'allonger sur l'asphalte, par une chaude nuit d'août aussi noire, au beau milieu de cette route de montagne, et sentir sous notre dos le macadam encore tiède du soleil de l'après-midi... Ce n'est pas comme s'allonger en plein jour dans l'herbe pour regarder nonchalamment le ciel, à l'instar de ce que nous faisions quelques années plus tôt, en écoutant *Salut les copains* ou *Âge tendre et tête de bois* sur notre transistor. C'est beaucoup plus puissant. C'est enfreindre les règles une fois de plus. La route n'est pas faite pour ça. Elle ne parcourt pas la crête pour accueillir nos deux corps alanguis ni pour nous plonger dans les mystères nocturnes. Sa peau goudronnée sillonne la montagne à des fins beaucoup plus terre à terre. Normalement, lorsqu'on y rêve, c'est sur quatre roues, à l'abri le nez derrière la vitre, dans des carlingues

sécurisées qui isolent du monde extérieur. Ça sent parfois l'essence, le caoutchouc chaud, l'intérieur plastifié, le tissu élimé, le cuir durci ou le tabac froid, selon le standing ou l'âge du véhicule (et là, je pense à la 1ère Frégate de mon père dans laquelle j'ai été trimbalé une bonne partie de mon enfance - et où j'ai vomi !), on peut aussi y manquer de confort et d'espace (ce qui n'était pas le cas de cette Frégate où un jour on est montés à une douzaine de gamins pour faire le tour du quartier), par contre, les risques y sont prévenus au maximum, avec carrosserie, parechocs, parebrise, freins, éclairages. Parfois, dans l'esprit flottant de ces automobilistes confinés dans leurs armures, des univers chimériques effacent la carrosserie et tous ses accessoires en un coup de gomme ; tout s'évapore dans la nature, pour un autre voyage, moins carapacé, plus ventilé.

Nous, nous étions à l'air libre, au milieu de cette route de montagne, le dos à même le sol. Nous squattions le macadam !
Deux jeunes êtres fragiles, sans défense.
L'un de ces véhicules aurait pu surgir.
Il aurait pu continuer sa course sans nous voir et sans ralentir. Splaaaash !
Si l'un d'eux était arrivé, nous aurions discerné ses phares, au loin. Ils auraient brisé l'enchantement. Les faisceaux lumineux auraient été projetés dans le ciel, à

l'image de torches mouvantes embrasant la forêt ténébreuse ou de rayons lasers sortis d'un film de science-fiction ! Et puis, nous aurions entendu gronder le moteur depuis le Lac d'Alfeld. L'engin aurait gravi la côte avec le ronflement d'une voiture lancée en plein rallye ; une Triumph décapotable, avalant la route et ses épingles à cheveux avec toute sa puissance. Vroum ! D'abord la lumière, ensuite le son : comme pour les orages qui s'annoncent par des éclairs silencieux et qui pétaradent violemment une poignée de secondes plus tard, dans le fracas d'un arc électrique intense. Nous aurions été alertés de cette intrusion mécanique, nous, les jeunes humains contemplatifs et téméraires, allongés au mauvais endroit et au mauvais moment, subodorant ce danger avec une pointe d'inquiétude. Nous aurions eu le temps de déguerpir. Mais nous aurions pu aussi jouer avec le feu : rester allongés dans le noir ; relever le défi au maximum ; nous accrocher à ce lit d'asphalte et à son vertige étoilé avec un entêtement d'adolescent, pour un frisson supplémentaire ; jusqu'à frôler l'impact ! Tic-tac, Tic-tac, Tic-Tac...

Au dernier moment, il aurait fallu interrompre notre rêverie à la hâte, cesser ce jeu devenu dangereux, pour nous remettre debout sur la Terre et tenir sur nos deux pattes, comme il se doit, à l'image d'Homo sapiens bien élevés, sauvés *in extremis* de l'horrible écrabouillage. Scraaaach !

Aucun danger réel, donc.
De l'imagination, surtout.
De la fantaisie, toujours.

Il en fallait un minimum pour s'allonger en pleine nuit au cœur d'un noir si intense, sur cette route sillonnant la crête tel un serpent de mer entre l'auberge du Grand Langenberg et le Pré des Gentianes.
C'était braver l'interdit pour s'immerger dans un monde merveilleux.

Or, au cours de cette escapade nocturne aux accents métaphysiques et naturalistes pas le moindre pneumatique ne vint s'user sur l'asphalte encore tiède à cette heure très avancée de la nuit. Aucun moteur ne gronda dans le silence et l'obscurité. Pas le plus petit blaireau ne vint même fureter à nos oreilles, afin de nous révéler par d'intéressants chuchotements animaliers, les lois mécaniques de cette nature dont nous faisions tous partie ; pour nous parler en fin connaisseur de la science du vivant ou de la magie du monde.
Qu'était-il advenu du peuple des animaux dits *sauvages* ? De leur légendaire vie nocturne ? Nous étions en pleine nature.
C'était pourtant leur territoire.
Pourquoi tant de distance entre nous ?
Doutaient-ils de notre bienveillance ?

Dans quelles tanières s'étaient-ils carapatés ? Où étaient passées leurs fanfaronnades à plumes et à poils, leurs furetages à museaux tirés, leurs joutes pimentées aux effluves de musc, chaudes et sensuelles ? Qu'en était-il de leurs trépignements dans la tourbe fumante, de leurs acrobaties à travers bois, de leurs battements d'ailes dans l'épaisseur de la nuit ? Pas le plus petit craquement de brindille ou de bruit de patte remuant la terre et le feuillage. Tout s'était évaporé, en moins de temps qu'il ne faut pour le dire...
Ce jour-là, tous les autres vivants semblaient nous avoir fait un bien joli pied de nez. Pile-poil au moment où nous tentions ce rapprochement sensoriel et pacifique avec le monde non humain. À moins qu'ils n'aient tous été à l'affut, surpris par notre position allongée au beau milieu de la route, très inhabituelle pour deux jeunes Homo sapiens de passage ; si peu réglementaire, mesdames et messieurs...

Je me souviens que nos oreilles devinrent encore plus attentives que nos yeux.
Mais pas le moindre brame ; aucun grognement ; pas de râle ni de rot ! Et toujours aucun souffle de vent dans l'air chaud et immobile. Ce grand silence nous laissait dans l'expectative. Où étaient passés ceux qui couinent, qui glapissent, qui chicotent, qui caracoulent, qui beuglent,

qui cacabent ou qui sifflent dans la nuit ? Les animaux avaient-ils d'autres façons d'être vivants sur la Terre obscurcie en ce mois d'août 1974 ? Peut-être faisaient-ils bêtement comme nous : ils appréciaient et observaient en silence ce ciel impérial, immobilisés à l'identique des chiens d'arrêt sur la lande, avec une discrétion hors pair qui les nichait à l'abri des intrus ; aplatis dans les chaumes, fondus dans la masse obscure, blottis dans les fourrés, groupés en famille sur des tapis de mousse tendre (n'ayant ni canapé ni télévision), avec ce soupçon de philosophie animale réduisant leur prétendue férocité à néant ; nous dévoilant par là-même que leur conception de l'univers était simple, modeste ; en tout cas moins alambiquée que chez la plupart des êtres humains...

Elle et moi éprouvions la même chose. Puisqu'ils s'étaient rendus invisibles ou qu'ils faisaient les morts pour de faux, qu'ils avaient l'air de fuir la compagnie d'un couple de primates sociaux des plus pacifiques, nous devenions par la force des choses l'unique lien entre le ciel et la terre, pleinement conscients de l'univers, de sa matière vivante qui nous enveloppait dans sa subtile magnitude, de la tête aux pieds. Nous nous sentions grâce à la magie nocturne et à l'absence de bruits et d'animaux, les seuls êtres vivants extasiés sous

ce plafond d'étoiles, allongés au cœur d'un profond bain d'encre, en pleine montagne. Pris en sandwich entre la terre qui nous aimantait vers le bas et le ciel qui nous aspirait vers le haut, nous étions éjectés du temps imparti ; extirpés de la matérialité universelle ! Nous faisions pourtant toujours partie du monde des vivants établis sur la Terre, au même titre que cette faune dite farouche, que ces nuées d'insectes apparemment décérébrés, que ces bouquets de végétaux sans voix, ou que ces microcosmes fabuleux qui fourmillaient de façon imperceptible. Or, ils semblaient tous nous avoir cédé le terrain. Était-ce pour nous faciliter le transport ?
Allez savoir.
L'imagination, là encore.
La fantaisie, une fois de plus.

Nous vivions cette expérience à presque 1240 mètres d'altitude, bercés par la chaleur de cette nuit d'août et portés par notre cinéma intérieur. Aucun témoin apparent pour nous distraire ; pas le moindre petit croc pour nous mordre ; pas l'ombre d'un sabot pour nous heurter ni la plus acérée des griffes pour nous écorcher traitreusement. En bas, dans la vallée invisible, mais aussi sur la Terre en général, au sein des consortiums civilisés en quête de pouvoir et de perfectionnisme, l'Homo sapiens

avait pour habitude de reléguer tous les autres vivants au rang de minorités négligeables. Nous en étions conscients, malgré notre courte expérience de la vie.
Nous avions pris le recul nécessaire pour considérer dans notre inventaire imaginatif et philosophique, cet être dominateur, conquérant indécrottable et éternel premier de la classe, qui faisait figure de grand trouillard devant l'infini, avec son besoin de régner pour se sentir en paix et son Dieu protecteur pour masquer sa peur du vide.

Nos conclusions étaient sans appel : dans sa quête du bonheur, l'Homo sapiens allait continuer ses ravages *ad vitam aeternam* en se servant à qui mieux mieux, chacun profitant des trésors naturels de la Terre en redoutable égoïste, sans se soucier le moins du monde des dégâts occasionnés sur son passage.

La machine était lancée.
Implacable. Infernale. Irréversible.
Depuis quelques millions d'années.
Et elle n'allait pas s'arrêter pas de sitôt :
« Le temps ne fait rien à l'affaire » ainsi que le disait déjà Alceste dans *Le Misanthrope*, ou comme le chantait Brassens en 1961 à propos des cons, trois siècles plus tard.
Nous nous sentions aux antipodes de ce combat déloyal. Nos deux corps allongés

étaient pacifistes et minoritaires. Nous étions deux crottes de mouches collées sur le dos de la montagne obscure ; une paire de jeunes êtres pensants libérés des contraintes sociétales et des combats sanglants, baignant dans la nuit noire, seuls, loin de la course au profit et des injustices. Un vrai délice pour nos esprits nomades ; une émotion intense dans nos cœurs ouverts l'un pour l'autre. Nous avions fui la société des humains en beauté. Nous avions décampé comme des forçats ayant brisé leurs chaînes. Nous étions sortis du collectif, de la cité en effervescence et de la tourmente humaine ; de la lumière artificielle. Nous y retournerions plus tard, avec l'esprit régénéré et le cœur en émoi.

Ici, il n'y avait plus une once de civilisation palpable au sein de la puissance naturelle qui nous embrassait, obscure et silencieuse. Et à contrario, allongés sur ce macadam qui refroidissait peu à peu, nous ressentions tout : l'épaisseur de la montagne sous notre dos, ses multiples strates, la densité organique de ses roches magnifiques, la chaleur atomique de son magma bouillonnant en profondeur : tout ce qui nous portait, nous berçait, nous alimentait et nous rendait vivants. Et autour de nous, une foule d'animaux qui faisaient les morts, tapis dans l'ombre.

Leurs petits yeux devaient briller de concert comme des lucioles sous le ciel magnifique qui nous hypnotisait tous. Étaient-ils tant effrayés par le pouvoir destructeur de *l'Homme moderne*, dont ils avaient été si souvent les témoins ou les victimes ? Comment leur expliquer que nous nous sentions différents des autres, que nous étions étendus là pour tenter un véritable partage, un échange ; une expérience singulière, bienveillante ; que nous étions enthousiastes et inoffensifs ; sans colère et sans armes ; que nous goutions simplement le bonheur d'être jeunes et en vie !

Nos regards restaient plongés dans le ciel. Nous étions interloqués par la profondeur de la voûte céleste bardée de points lumineux, qui nous transportait vers l'infini. Nous larguions la Terre dans une ivresse apaisante. Le grand tableau nous aspirait dans ses frasques. On pouvait le voir comme un ensemble de gaz rares et de composés carbonés ; ou comme une multitude de roches en suspension dans le vide abyssal ; ou comme une voûte céleste bâtie par l'illusion visuelle, née de notre perception des distances et des profondeurs. On pouvait aussi y découvrir un grand poème antique avec ses rimes et ses couleurs ; y déchiffrer une très ancienne partition dont la musicalité nous submergeait par son harmonie étincelante.

Ce ciel lumineux chapeautait la terre obscure avec un contraste saisissant ; comme on n'en voit que très rarement.
Nous étions allongés au bon moment ! au bon endroit ! Les bolides imaginés de la course de côte n'avaient plus qu'à passer leur chemin en évitant de nous rouler sur le corps si possible, pour aller pétarader ailleurs. Prout !
Nous, nous voulions planer en paix, sans aucun subterfuge.
La voie lactée, le cosmos. L'univers.
Nous voulions boire à sa source.
C'était un miel qui nourrissait notre besoin d'espace et de liberté. Qui étanchait notre soif de mystère et notre désir d'évasion. Nous pesions très lourd sur cette Terre, de tout notre poids d'humain, et en même temps, nous devenions deux êtres galactiques dotés d'une gracieuse légèreté qui nous affranchissait de notre gravité et nous faisait flotter sur le macadam.

Nous avons souvent pratiqué ce rituel à la frontière du rêve et de la réalité, lorsque nous empruntions le serpent de bitume qui courait au pied de la ferme-auberge et qui passait non loin de notre petit chalet aux volets rouges et au toit de bardeaux.
Posé paisiblement dans un sous-bois de conte de fées depuis le début des années cinquante, notre gîte arborait ses sapines marquées par les effets du temps, noircies

par les lasurages au brou de noix, contrastant avec la fraîcheur verte des bouquets de fougères et le vert plus appuyé des taillis hérissés alentour.
Sans eau, sans électricité, isolé à l'orée de la forêt, notre abri était installé discrètement ; invisible de la route ; planqué sous les sapins et les hêtres qui parfumaient le sous-bois de leurs essences épicées.

Cette ancienne baraque d'ouvriers suédois avait été récupérée sur les bords du Rhin pour arriver jusqu'ici. À l'époque, les propriétaires avaient fait des voyages en tracteur depuis le village de Dolleren dans la vallée, pour monter la lourde cuisinière à bois, les poutres, les sacs de ciment, les plots, les portes, et des allers-retours avec un tandem équipé d'une remorque, pour le matériel d'aménagement, les outils et la vaisselle, avec en prime une superbe chute au bas de la descente, un jour de pluie, sur la chaussée glissante à l'entrée de Sewen.
Notre petit chalet rouge et noir grelottait bien souvent sous des pluies abondantes, épongeant leurs excès jusqu'à plus soif. Pendant les mois d'été, son ossature craquait comme le pont d'un navire. Il était giflé sans retenue par les vents d'automne. Bombardé par les giboulées et les orages, il séchait sous les rayons crus de soleils éblouissants. Et quand l'hiver s'installait, que sa charpente de petite maison en pain

d'épice disparaissait sous le manteau neigeux, les grands résineux s'établissaient avec force et l'embrassaient au cœur de la blancheur cristalline, à l'image d'amis protecteurs campés dans un épais brouillard, humide et immobile.

S'abandonner sur cette route de montagne à notre retour de l'auberge, par une longue et chaude nuit d'été ; lâcher prise en s'allongeant sur l'asphalte qui devenait notre unique repère terrestre dans ce noir si profond. Rêver les yeux ouverts. Ce n'était pas rêver à d'autres mondes, mais rêver à celui-ci, intensément. Pénétrer sa grandeur infinie ; mesurer son amplitude ; éprouver sa réalité multiple et incommensurable. S'y fondre tout entiers, comme des enfants dans le berceau de la Terre. Nos regards étaient des fenêtres ouvertes sur l'infini, hypnotisés par un plafond d'étoiles suspendues dans le creux de l'espace.
L'univers nous tendait la main.
À l'époque, nous n'avions même pas vingt ans et je m'en souviens comme si c'était hier : ce besoin organique de faire corps avec la Terre, de se laisser gagner par une magnifique ivresse aux parfums poétiques et philosophiques. C'était une autre façon de ressentir le monde. Une autre posture pour interpréter les liens entre vivants.
Une autre manière d'être dans le réel.
Plus forte. Avec plus d'imaginaire.

Pourquoi ai-je cessé le rituel ? Y a-t-il un âge-clé pour s'allonger sur la terre avec un être cher ? Une époque phare ? Une mode à honorer en temps et en heure ?
Ou n'était-ce qu'une de ces rêveries post-soixante-huitardes ?
J'aurais dû continuer.
Aujourd'hui encore, je devrais continuer.
Le confort citadin s'est imposé peu à peu ; je me suis allongé sous les étoiles une partie de ma jeunesse ; j'ai poursuivi l'errance bien calé sur des chaises opportunes ; je me vautre à présent dans des fauteuils cossus ; j'achèverai ma vie dans un lit, dans le meilleur des cas ; un lit blanc d'hôpital ; ou un linceul, peut-être.
Entouré d'êtres chers, j'espère.
Métaphore des diverses postures.
Allégorie des positionnements sociétaux.
Ils s'enchaînent et nous enchaînent.
Immanquablement.

D'aucuns brûleront les étapes en passant directement du ciel étoilé au lit d'hôpital ou au champ de ruine, ou termineront leur marche sur la Terre avec un dérapage dû à l'imprudence et à l'hostilité ambiante. D'autres encore, ne verront jamais ce ciel. Ils ne sentiront jamais la croûte terrestre encore tiède épouser leur dos, allongés en amoureuse compagnie, avec ou sans bitume. Jamais, ô grand jamais. Quoi qu'il arrive, quelle que soit leur vie, jamais ô

grand jamais ils ne s'allongeront sous la voûte lumineuse avec un être cher, pour le plaisir des sens, la richesse du partage, entre humains consentants.
Comment l'injustice se met-elle en place ?
Fallait-il dénier ce plaisir ?
Était-il suranné ? Fastidieux ? Absurde ?
Ce serait rejeter sans savoir.
Certains auraient-ils égaré le mode d'emploi ? Leur imagination serait-elle tombée en rade, évincée par la peur, la perte de sensibilité, jusqu'à l'ultime renoncement, celui où les deux bras en tombent, comme des feuilles privées de sève ?

L'imagination a des vertus incroyables.
Elle est source de vie. C'est non seulement un berceau pour la science et la physique, mais c'est aussi un terreau inépuisable pour l'art « miroir de ce que nous sommes et de ce que nous voulons vivre ; il montre notre aptitude à regarder le monde, à s'en défaire, ou à l'imaginer autrement[2] ». Notre vie est alimentée par l'imagination et par l'art. Qu'on le veuille ou non, nous en croquons à tout âge, plus ou moins copieusement ; plus ou moins consciemment.
Comment pourrait-on en faire l'impasse ? ces deux domaines étant inhérents à nos pensées, à nos visions et à nos désirs.
C'est bien pourquoi nous n'avons pas tous

[2] Le don de l'invisible, théâtre contemporain, 2011.

la même lecture du monde – et c'est un truisme que de l'affirmer : tout ce qui nous entoure, tout ce qui nous englobe, nous le percevons au travers de sensations subjectives. Nous sommes soumis au relativisme du vrai, et devenons ainsi sujets au scepticisme, qui nous renvoie à notre imaginaire, pour bâtir nos rêves, échafauder nos croyances, construire notre réel. Sans imagination créatrice, sans les richesses et les prolongements de l'art sous toutes ses formes, le lien social finit par disparaître ; notre scepticisme devient alors une véritable souffrance ; il vire au cauchemar, au pessimisme dévastateur. Il devient une voie royale pour échafauder les plans les plus obscurs et nous couper des autres. Il devient le terreau d'un autre imaginaire, destructeur et violent.

Quand nous avions vingt ans, la logique ne nous a jamais amenés à nous allonger en pleine nuit sur cette route de montagne, afin d'observer l'immensité du ciel et goûter au poids de la Terre, dans un puissant lâcher-prise. Mais notre imagination créatrice a pu le faire. Et elle nous a offert bien davantage qu'une horizontalité reposante : elle nous a parlé de science et de physique, d'espace et de temporalité, certes, mais aussi d'amour, d'art, de plaisir, d'animalité partagée et d'infini. Elle nous a parlé de notre poids dans l'univers.

Chercher à éprouver cette sensation organique, c'était briller par notre légèreté malgré notre gravité immanente. Nos corps devenaient comme ceux des danseurs pris entre la tradition des pointes qui les élèvent vers le ciel, et la modernité d'un pied posé qui les plante dans le sol. Corporellement, nous étions à la fois dans la rigueur de la danse classique et dans le lâcher-prise de la danse contemporaine. C'était un pas de deux des plus exquis, réunifié et libre. Il nous rendait encore plus amoureux, plus sensibles ; encore plus vivants. Tout était déjà dans le poème de Paul Fort écrit en 1925 : *« Il faut nous aimer sur terre, il faut nous aimer vivants, ne crois pas aux cimetières, il faut nous aimer avant. Ta poussière et ma poussière deviendront le gré des vents. »*
C'était à notre portée.
Nous profitions de notre fortune.
Nous étions des explorateurs.

À l'époque, nous brûlions de vivre de façon intense et immédiate. Pas question pour nous de patienter sagement une vie entière pour avoir droit au paradis imaginaire, ni d'attendre que le ciel nous tombe sur la tête. Patatras ! Nous voulions éprouver la vie dans toutes ses dimensions. Notre petit rituel faisait partie des expériences qui nourrissaient nos rêves d'adolescents. Nous étions sur la scène d'un théâtre ;

l'endroit où l'on se sent le plus libre. Le rideau était ouvert ; c'était à nous de jouer. N'aurait-ce pas été bien plus effrayant de savoir que l'on ne ferait jamais rien de stupide, de fou ou de courageux ?

Depuis combien de centaines de milliers d'années l'Homo sapiens se tient-il debout ? On ne compte plus. Et pourtant, malgré cette posture qui atteste son penchant pour être le roi du monde, il ne vaut toujours pas mieux que les autres vivants, avec ses raisonnements sur deux pattes. A-t-il essayé de comprendre tout ce qui vit autour de lui et de le prendre en compte en échafaudant ses plans ? A-t-il tenté de rencontrer le monde dans son ensemble ? D'y vivre en le respectant et en l'embrassant amoureusement ? Est-il encore en contact avec tout ce qui lui donne la vie ? A-t-il enfin compris que sur la Terre, rien ne devrait être isolé ni méprisé ? pas plus sous sa prétentieuse gouverne que sous l'ordonnance d'un hypothétique créateur tout-puissant ? que sur la Terre, tout était interdépendant ?
Dans la jouissance de notre jeunesse et de la décennie mirifique qu'étaient les années soixante-dix (pour plusieurs franges de la population, avec chacune ses libérations ou ses utopies), nous cherchions à cultiver un terreau pour nous sentir en harmonie

avec un monde plus juste. Nous n'étions pas les seuls. Toutes nos expérimentations (et elles furent nombreuses, concrètes ou hallucinatoires) allaient dans ce sens. C'était non seulement le bénéfice de notre imagination, l'art et ses prolongements, la science et la physique, qui nous guidaient, mais aussi les luttes sociales et politiques dans lesquelles nous commencions peu à peu à nous engager, ou celles que nos ainés menaient depuis des années, et qui nous ouvraient les yeux. Nous passions déjà pour de doux rêveurs, car nous parlions de paix, de partage des richesses, de justice sociale, d'écologie, de protection animale, d'énergie propre ; et aussi des aléas et des dangers du nouveau cyberespace en pleine effervescence.

Pour nous autres Homo sapiens d'avant le monde numérique - ceux qui avaient écouté avec bonheur comme moi dans les années soixante, assis devant la grosse radio à lampes « Le petit ch'val » ou « Le p'tit cordonnier » - pour ces jolis marmots devenus plus grands et plus avertis, les années soixante-dix étaient porteuses de liberté et d'espoir, alors que le système ultralibéral qui nous gouverne aujourd'hui s'ancrait avec toute sa puissance. Le rouleau compresseur du capitalisme et de la mondialisation était déjà bien lancé, stimulé par la croissance démographique et

l'exploitation croissante de nos ressources naturelles. Les réflexions contenues dans le premier rapport du Club de Rome publié en 1972, à l'origine de l'émergence du concept de développement durable, n'auront été qu'un coup d'épée dans l'eau au regard de l'absence de prises de décisions radicales pour enrayer les dysfonctionnements et stopper cette foutue croissance.
Nous avions déjà « basculé » à Noël 1971, date à laquelle les ressources naturelles de la planète étaient arrivées à épuisement. Depuis, chaque génération crée des dettes pour les générations suivantes. Les énergies nouvelles ne suffiront pas à rééquilibrer les choses, sauf découverte majeure.

À présent, nous y voilà : un peu plus de cinquante ans sont passés et les dés semblent pipés comme jamais. Car il ne s'agit plus aujourd'hui de dysfonctionnement ou de dérèglement, mais d'un chaos annoncé et d'une fin probable.
Voilà ce qui nous pend au nez.
Dans cette société cupide, où il ne fait toujours pas bon être de couleur, du sexe féminin, homosexuel, de gauche, athée, délégué syndical, artiste engagé, migrant, SDF, Arabe ou Juif (la liste n'est pas exhaustive), des murs et des frontières de toutes sortes se dressent ; la modernité du système en devient plus que contestable.
Réjouissons-nous ! la Terre est meurtrie

par le pillage des sols et l'agriculture intensive. Exprimons notre joie ! les mers et les océans meurent à grande vitesse sous le plastique, les déchets, les hydrocarbures ! Et pour notre plus grand bonheur, le réchauffement devrait libérer dans les systèmes aquatiques une grande quantité de méthane piégé dans des sédiments profonds sous forme de glaçons, qui en fondant, favoriseront encore la hausse de la température. Ces écosystèmes aquatiques contribuent déjà de 41% à 53% en moyenne aux émissions mondiales totales de méthane... Comment ne pas applaudir ? alors que le pergélisol fond sous la roche montagneuse en fragilisant les parois qui tombent dans les vallées ? que la banquise se liquéfie sous nos yeux, laissant le monde polaire à la dérive ? que le niveau des eaux monte ? que les inondations se multiplient ? que de nombreux territoires sont déjà immergés, contraignant des millions d'habitants à l'exode ? que les incendies brûlent nos forêts ? que l'eau devient une denrée rare et chère, ou qu'elle est polluée ? Pas de problème : nous nageons tous dans le bonheur, la richesse, l'égalité, la justice, avec une météo de rêve. Youpi !

C'est William Shakespeare qui aurait écrit « Quand fond la neige, où va le blanc ? », mais pas sûr. Quoi qu'il en soit, où sont parties les neiges du Kilimandjaro, chantées par Pascal Danel en 1966 ? La calotte sommitale de cette montagne africaine mythique qui culmine à 5895 mètres est en retrait si rapide qu'elle devrait disparaître entièrement vers 2030 à 2050, à cause du réchauffement climatique et de la déforestation. Qu'en est-il de la mer de glace, sur laquelle j'ai marché avec bonheur et légèreté en juillet 1972, lors de mon premier tour du mont Blanc ? Depuis l'an 2000, elle présente elle aussi un retrait prononcé, avec chaque année une perte d'environ 4 à 6 mètres en épaisseur et 30 en longueur.

Jamais je n'aurais imaginé cela.
À l'époque où je marchais avec mes potes à la surface de cette mer glacée aux reflets bleus, nous étions donc à environ 120 mètres au-dessus de son niveau actuel, voire plus ! et aucune caillasse n'émergeait à l'horizon. Cette étendue magnifique en perte de puissante est représentée dans un tableau de Caspar David Friedrich sous le titre *La mer de glace ou le naufrage.* Le peintre ne croyait pas si bien dire lorsqu'il a peint et intitulé sa toile en 1823.
Les glaciers, qui sont une réserve d'eau indispensable dans la nature lors de leur fonte saisonnière, tirent la langue et ne rempliront bientôt plus leur rôle. Ce qui entraînera de nombreux problèmes dans

la biodiversité et le maintien de la vie.
Qu'en est-il aujourd'hui dans nos sociétés connectées et informatisées à outrance ?
Avant la cybernétique, on avait la Terre, les océans, et c'était déjà suffisamment compliqué. Maintenant, on a un nouveau monde en plus, immatériel, reposant sur un ensemble de lignes numériques, de câbles et d'ordinateurs. Mais il suffit d'ouvrir un peu les yeux : ce monde virtuel qui dévore notre quotidien est un fiasco au regard de la sociabilisation : les beaux rêves qu'il distille font de nous des pions esseulés, à sa merci, et non l'inverse.
Pourquoi n'avoir pas profité des avantages en laissant de côté les excès ?
Toujours pareil : question à deux balles.
À ce rythme, l'IA n'aura aucune difficulté à devenir plus intelligente que l'humain, ou pour le moins plus maligne, si elle ne l'est pas déjà. L'IM, donc.

J'ai appris que c'est avec Norbert Wiener, père de la cybernétique et précurseur des nanotechnologies, que cette grande numérisation a fait ses premiers pas pendant la Seconde Guerre mondiale, ainsi qu'avec le mathématicien et cryptologue Alan Turing, autre pionnier de l'intelligence artificielle. Plus tard, en octobre 1957, le 1er satellite Spoutnik est lancé par les Soviétiques, et la technologie fait un bond en avant. C'est le début de l'ère spatiale. D'où une course technologique folle, où les USA tentent de rattraper leur retard ; alors que moi, au même moment, je trottine sur la Terre depuis quelques mois, en plantant bien mes pieds dans le sol ; je me suis mis debout, comme un petit Homo sapiens respectable allant vers l'avenir sans grande inquiétude, à part mes besoins immédiats très nombrilistes. Pas question de voler dans l'espace pour l'instant ; sauf après une mauvaise glissade. Wloup !

Si internet est né des années plus tard, après avoir fait ses premiers pas dans les laboratoires de l'armée américaine, les chercheurs s'en sont donnés à cœur joie : depuis, l'IA s'est installée dans presque tous nos foyers.

Or, le monde numérique s'est bardé d'un esclavagisme insidieux ; il nous a transformés peu à peu en valeurs marchandes gérées par algorithmes.

Peut-on parler de progrès, au regard de l'évolution d'une société ? de sa possible et nécessaire humanisation dans l'ère des seventies où le rapport humain en chair et en os avait encore toute sa place ? Était-ce une technologie novatrice et un stimulant pour notre imagination de baba cool ou de beatniks allumés ? comme l'avaient été les livres, le théâtre ou le cinéma avant lui ?

Quoi qu'il en soit, je pense que la machine elle-même n'est pas à remettre en cause.

Pas encore. C'est son utilisation qu'il faut revoir. D'urgence. Car l'IA, aujourd'hui omniprésente dans notre quotidien, transforme nos rapports, pose des questions majeures sur l'éducation, le travail, la démocratie et la mort du politique. Ce n'est pas pour rien que tout le monde en parle. C'est un sujet brûlant. Il y a une grande interrogation. Ce n'est pas une question de mode ni l'écho alarmiste des potins.
C'est bien plus sérieux.
C'est notre futur qui est à repenser.

Sur internet et les réseaux sociaux, on voit circuler quantité d'images et d'informations qui stimulent notre cerveau ; mais notre réalité sociale y est aussi transformée de manière violente ; nombre d'entre nous finissent par y perdre pied, gobés par le système infernal ; anesthésiés ou excités par la facilité et la rapidité avec lesquelles l'IA peut donner des réponses.
Nous devenons des cibles : sitôt connectés, nous sommes dans le collimateur du monde des entreprises et des marchés financiers. Internet est devenu un terrain miné, car il privilégie d'abord ce qui est rentable. Voilà la grosse tache noire dans ce rêve magnifique : les entreprises privées ont très vite compris qu'elles pouvaient y faire de l'argent. Le GAFA, le GAFAM et les NATU, sont devenus les plus grandes capitalisations boursières ; elles sont au

cœur des économies numériques et y disposent d'un énorme pouvoir ; leur terrain de jeu est devenu mondial, anéantissant toute concurrence. À moins de fermer les yeux et de se boucher les oreilles (est-ce encore possible ?), plus personne ne peut ignorer le pistage de nos téléphones et de nos ordinateurs pour le profit d'un marché qui oriente et régule notre consommation ; et aussi, de plus en plus, pour les besoins d'un système politique et policier aux desseins sécuritaires liberticides…

Le rapport *Meadows* est mort et enterré. Dans le futur, la vie ne se passera presque plus dans une réalité terrestre, mais dans un monde virtuel suspendu dans les limbes. Le monde réel sera devenu obsolète ! La mutation est déjà bien amorcée, y compris dans les pays les plus pauvres, et même beaucoup plus dans ces pays-là qu'ailleurs. Alors ? Combien de temps passe-t-on sur internet ou sur les réseaux sociaux ? Un maximum ; les chiffres parlent d'eux-mêmes : en 2022, au niveau mondial, un individu y passait 6 h 58 par jour. En Afrique du Sud : 10 h 46 (deux fois plus qu'en France). L'aliénation et l'addiction sont en super forme, malgré une petite faiblesse ces deux dernières années. Car sur internet, on nous crée la vie que nous aimerions mener. Les métadonnées constituent leurs stocks ; l'IA s'en empare en imposant des comportements sociaux. Et on dépense une quantité phénoménale d'énergie électrique, de matière plastique et de métaux rares pour générer tout cela. Ce sont les lois capitalistes, sur la Terre comme dans ce monde virtuel suspendu dans le vide. Résultat : les milliardaires sont en forte augmentation ; le contrôle des masses appauvries devient une règle d'or ; les inégalités sociales atteignent un sommet ; les algorithmes génèrent toujours plus de clic, toujours plus de fric, donc toujours plus de profit ; avec l'optimisation fiscale, les entreprises se nourrissent de l'analyse et de la revente de nos données sans en partager les bénéfices.

Ce monde virtuel égoïste et lucratif est devenu quasi incontrôlable pour l'utilisateur lambda, et l'argent y est roi bien plus que dans la réalité. Le paiement en espèces va donc assez vite disparaître de la planète.

Alors que dans le passé, je me réjouissais d'avoir une carte bancaire, aujourd'hui, je me démène pour l'utiliser le moins possible, car il y trop de commissions et de traçage au passage. Les banques sont déjà en train de formater les enfants en les acclimatant à ces cartes dès leur plus jeune âge. Sous couvert de modernité, c'est la porte ouverte à l'esclavagisme de masse

dans le but d'une plus grande consommation ciblée, à l'inverse de ce qui est écrit dans le rapport Meadows. Soyons vigilants, car c'est aussi un plus grand contrôle des individus grâce aux informations de comportements divulguées par ces réseaux, ces achats en ligne, ces ouvertures de comptes et ces plateformes.
Mais comment nous protéger de ce monde virtuel si virtuose qui aujourd'hui formate nos vies ? qui annihile en partie nos facultés intellectuelles et nous rend dépendants d'un certain modèle de société ? « On » ne voudrait surtout pas censurer les plateformes ; « on » ne soumet pas non plus les entreprises à des lois démocratiques...
Alors ? y aura-t-il des limites au système et à son développement ? Car l'innovation pour l'innovation, sans réflexion politique, philosophique et humaniste autour, nous enverra droit dans le mur. Dans cette plongée vertigineuse, le *crédit social* à la chinoise est un exemple qui n'a vraiment rien de sympathique ni de protecteur ; un exemple que nous allons très probablement suivre, si l'on n'y prend pas garde et que l'on ne se bat pas contre.

Le tableau est noir, mais il faut croire que c'est ça, l'histoire de l'humanité : depuis la nuit des temps, un petit groupe d'Homo mercantilus s'approprie le pouvoir et s'impose. Pourtant, un peu partout, je vois le système capitaliste et le néolibéralisme se fissurer ; les foyers de résistance se développent. Or, beaucoup trop de gens restent encore passifs dans les rangs bien tranquilles de cette génération béate de l'idiot visuel hyper assisté. À part les extraordinaires performances en médecine et en chirurgie qu'il faut applaudir mais aussi surveiller de près, l'IA permet l'élaboration de dangereuses manipulations dans les médias et sur tous les réseaux sociaux peuplés de pré-adolescents encore naïfs. La rêverie des *seventies* est bien loin.

Est-ce à dire que nous autres êtres faits de chair et d'os, à cerveaux mous et humides, avons aujourd'hui un point de vue trop limité sur le monde numérique ? face aux cervelles lyophilisées de ces ordinateurs qui voient déjà beaucoup plus loin que nous ? à la non-sensiblerie millimétrée de leurs surpuissants disques durs ? à leurs réseaux complexes et à leur compréhension électrifiée du monde, sans battements cardiaques, sans amour ni émotion ?

Dans les années soixante-dix, on avait de l'imagination quant au cyberespace, mais aujourd'hui, on a le nez dedans !
Pour l'instant, ces machines sont capables d'atteindre uniquement les objectifs qu'on leur assigne, avec une facilité, une rapidité et une précision inégalables - ce qui les

rendent plus qu'attractives. Mais le projet politique ou idéologique de certains chercheurs de la Silicon Valley, entre autres, c'est de perfectionner cette nouvelle génération d'IA génératives pour qu'elles aient une conscience d'elles-mêmes, par elles-mêmes ; qu'elles développent une perception et un langage nuancé, des émotions ; bref, de créer des IA imitant le cerveau et l'être humain plus qu'à la perfection ; au-delà de son modèle...

Or, notre cerveau a toujours été un organe vivant et émotionnel ; il évolue toujours et encore par nos influences sociales et culturelles ; son évolution dépend donc toujours des expériences que nous vivons.
L'IA pourrait-t-elle suivre ce chemin ?
Subira-t-elle aussi des influences socioculturelles ? Une chose est sure : l'IA porte très mal son nom : à l'endroit où l'on parle d'intelligence, il y a d'abord un copier-coller, car tout ce qui entre dans l'IA, doit d'abord être produit et introduit par nous. L'IA ne crée rien à proprement parler. Par contre, une fois les informations ingérées et mémorisées, nous ne pouvons plus prévoir quel pouvoir nous garderons sur l'IA quant aux combinaisons qu'elle génèrera à partir de ces milliards de données toujours plus complexes que nous lui transmettons ; ou que les IA se transmettront entre elles par réseaux interposés, en se passant

de notre intelligence ou de notre permission. Pas plus que nous ne pouvons prévoir ce qu'elles feront de ces informations, comment elles les interprèteront, en bien ou en mal. Nous ne serons jamais à l'abri d'usages abusifs, accidentels ou détournés. À court terme, l'intelligence de l'IA ne dépendra donc plus de la nôtre. Sa mémoire et son appétit seront illimités.

L'avenir proche aura peut-être le temps de nous dire si l'IA sera vivante ou pas, et quelle place elle laissera à nos petites cervelles d'Homo sapiens avides de perfectionnisme, dans un monde complètement numérisé où elle sera devenue une reine indétrônable, jouissant des pleins pouvoirs. Elle est déjà utilisée pour l'armement et les bombardements, par Israël, entre autres. Espérons qu'une IA ne décide pas un jour, de sa propre initiative, de bombarder un pays juste parce que sa carte à puce lui gratte l'oreille ! ou parce que tel régime politique ne lui convient pas, dans son interprétation électrique très personnelle des signes et des codes ! On joue avec le feu ; on joue avec les fous. L'IA pourrait bien finir par nous remplacer entièrement. Dans le domaine artistique, les machines peuvent déjà rêver, à la lisière de la réalité alternative, de la science et de la technologie. Or, une machine qui rêve, moi, ça m'effraie beaucoup.

Et je me demande bien de quoi les IA du futur pourront rêver, avec quelle vision du monde et avec quelles émotions…
Selon les propos tenus, en 1965 déjà, par le statisticien Irwin John Good, « la machine risque de finir par tout diriger ». Dire ça aujourd'hui, ça sonne comme une ineptie pour les uns et une fatalité pour les autres. Sans parler des abstentionnistes qui laissent couler sans réfléchir.

À la fin des années 60, je me souviens que l'idée d'une IA prenant le pouvoir, c'était du domaine de la science-fiction ou de la politique-fiction, digne des feuilletons télévisés américains dont on nous abreuvait. Mais c'était une crainte très légitime ; et c'était aussi, de la part de gens aussi sérieux et compétents, une mise en garde très réfléchie, car Irwin John Good nous expliquait ceci :
« *Supposons qu'existe une machine surpassant en intelligence tout ce dont est capable un homme, aussi brillant soit-il. La conception de telles machines faisant partie des activités intellectuelles, cette machine pourrait à son tour créer des machines meilleures qu'elle-même. Cela aurait sans nul doute pour effet une réaction en chaîne de développement de l'intelligence, pendant que l'intelligence humaine resterait presque sur place. Il en résulte que la machine ultra intelligente sera la dernière invention que*

l'homme aura besoin de faire, à condition que ladite machine soit assez docile pour constamment lui obéir ».
Une IA plus intelligente que les humains qui l'ont créée ? J'ajouterais plus perverse, car je ne peux m'empêcher de penser au film culte réalisé par Stanley Kubrick « 2001, l'Odyssée de l'espace » sorti en 1968, que j'ai dû regarder trois quatre fois depuis sa sortie et qui, à mon avis, a pris quelques rides dans son esthétique, mais pas dans son propos. Et je pense à la scène où les deux astronautes (suite à un grave incident avec CARL, l'IA qui gère le vaisseau) s'isolent dans une capsule destinée aux sorties extravéhiculaires en pensant échapper à sa surveillance ; et où ils décident de le déconnecter pour parer à tout nouvel incident : CARL parvient à suivre la conversation en lisant sur leurs lèvres ! grâce à son œil numérique infaillible.
Interprétant leurs propos comme une menace pour son intégrité et s'estimant indispensable à la mission, CARL entreprend de se débarrasser de ces deux dangereux Homo sapiens pour rester en vie et garder le pouvoir. Oups !

Pour ceux qui se souviennent du film, il n'est pas question ici de docilité, de sentiments ou d'émotion, ni de vie au sens de la nôtre, et peut-être pas non plus d'intelligence, mais d'une logique impitoyable

propre à la machine, où l'intervention et la morale humaine n'ont plus leur place dans le processus de décision.
Voilà quelle était la mise en garde.
Bref, si la machine se sent empêchée ou en danger de mort, elle est capable du pire, parce que ses circuits génèrent les moyens de sa survie, de manière intrinsèque et intemporelle, sans émotions ni croyances, ni projet politique quel qu'il soit. La suite du film nous montrera les limites de cette IA des années 2000, imaginée à la fin des années soixante, qui semble tout de même exprimer une vraie peur sur la fin : l'Homo electricus n'a qu'à débrancher la prise et se débrouiller tout seul avec son intelligence à lui, au sein de l'immensité sidérale, aux portes de Jupiter. Yep !

Bon. Mais imaginons que dans l'avenir, l'IA du XXIe siècle (je n'arrive pas à imaginer notre vie sur la Terre au-delà) soit capable de produire sa propre énergie de façon autonome en interne ; qu'elle puisse se déplacer et se mêler aux humains, donc aussi nous échapper physiquement avec une maitrise parfaite du langage et de l'apparence ; sera-t-elle alors capable de *mentir* pour contrôler ou décider à l'avance ? refuser ? abdiquer, élaborer, construire ou reconstruire une histoire ? Sommes-nous en train de lui donner les moyens de cette indépendance totale, en dehors de toute pensée philosophique humaniste, de toute réflexion politique et sociale ? L'IA n'étant ni abrutie ni suicidaire, je ne vois pas comment elle refuserait ce magnifique coup de pouce. Re-oups !

Dans ce contexte anxiogène, - et puisque cette parenthèse scientifique et cinématographique est grande ouverte - d'aucuns se souviennent forcément d'un autre film d'anticipation « Ex machina », réalisé par le Britannique Alex Garland et sorti en 2014 : l'IA dénommée AVA, a pris les traits d'une femme robot qui développe apparemment une conscience. Pendant cette expérience de haut vol menée en huis clos, et après avoir mis en place un plan diabolique, AVA finit par tuer son phallocrate et scientifique de père (de manière bien réelle et non psychanalytique) et s'enfuit de sa prison-laboratoire pour rejoindre la ville et les humains, afin de se fondre dans la masse, incognito. Car ne l'oublions pas : si l'on suppose une évolution en chaîne à vitesse grand V, l'IA atteindra des sommets, alors que notre cerveau sera très vite distancé. Irvin John Good dès 1965, Stanley Kubrick en 1968, Ridley Scott en 1982 avec Blade Runner, A.I. de Spielberg en 2001, Alex Proyas pour I-Robot en 2004, Garland pour AVA en 2014, j'en passe... ce sont des projections élaborées,

scientifiquement plus que probables et qui ne datent pourtant pas d'hier.
Oups, oups, oups, et re-oups !

Après ces avertissements, comment agir ou réagir face aux dangers potentiels ?
En ce qui me concerne, l'humour et les interjections ne suffiront pas à me sortir l'épine du pied ; quant à notre intelligence humaine, j'émets des doutes ! désolé pour nous autres Homo sapiens en pleine croissance et en pleine connaissance de cause.
Alors ? ne vaudrait-il pas mieux œuvrer pour l'élaboration de machines plus stupides ? Militer politiquement pour ne pas se retrouver avec des algorithmes entraînés à manipuler des médias sociaux grâce aux choix des contenus qu'ils proposent ? Limiter fortement toutes nos procurations, notre dévotion et notre soumission aveugle à la robotique ? Oui. Trois fois oui.
Mais ce serait comme demander à tous les automobilistes, dans ce monde où la voiture est reine et toujours symbole de réussite sociale (voire de symbole phallique pour beaucoup), de rouler dans des bolides avec des moteurs bridés à 90 km/h, dans le but de limiter la vitesse !
Serait-ce bien raisonnable ?
Élémentaire, mon cher Watson !
À l'avenir, le bipède pensant et civilisé sur deux pattes préfèrera-t-il, dans sa grande sensiblerie humaine, continuer à faire jou-

jou sans se poser de questions ? Préférera-t-il râler parce qu'il neige en hiver, qu'il fait froid en janvier, qu'il fait chaud en été, qu'il y a du vent en automne, ou que la vie est chère, on se demande bien pourquoi ! certainement pas à cause d'internet ou des bas salaires, ni du système agricole, ça se saurait, les révoltes et les grèves seraient légion. Le très intelligent bipède préfèrera-t-il continuer avec le système Uber et la malbouffe à prix cassé, plutôt que de lutter pour une augmentation de ses revenus, un meilleur partage des richesses et un meilleur contrôle du cyberespace, débarrassé enfin de sa sombre perversité ? Va-t-il apprendre à marcher en faux dominateur grâce aux plateformes de cette technologie devenue quasi incontournable et incontrôlable, dans un monde de plus en plus virtualisé où le pouvoir qu'*on* lui accorde devient une illusion, dans le meilleur des cas ? Va-t-il continuer à s'y enliser à pieds joints pour s'y noyer sans bruit, séduit jusqu'à l'os par les performances et les innovations techniques incroyables de ces machines, qui ne cessent d'orienter nos pensées et nos comportements de façon insidieuse ?

L'IA a tout pour nous séduire.
À deux ans, des gamins font du portable dans leur poussette et à douze ans, bon nombre d'entre eux payent déjà leurs

factures avec un smartphone ! Et à moins de vingt ans, la grande majorité d'entre nous est devenue complètement accro aux écrans et au digital. À qui faudrait-il en vouloir, lorsqu'on voit des groupes d'enfants de 8 ans scotchés à leurs portables, qui ne s'adressent plus la parole ? La génération actuelle est née dans ce système et n'a pas connu la société d'avant l'image, ni celle de l'avant numérique. Et pourtant, une partie de celle-ci lutte contre bien des aspects de cette mauvaise évolution. Car il ne s'agit pas de rejeter l'évolution, mais de veiller à ce qu'elle soit un progrès, profitable à tous. Mais l'avenir paraît ainsi tracé, car la force du système, c'est de ne plus permettre aux consommateurs de se passer d'ordinateur ou de téléphone portable ! sinon au risque de rester en rade, comme des Homo sapiens ronchons paumés sur la Terre, ayant complètement perdu le contact avec le monde numérisé qui les entoure. Autant dire que dans ce système-là, les vieux récalcitrants seront de plus en plus évincés, tandis que les jeunes opportunistes seront de plus en plus exploités. Restons entre les deux, mes bons amis : avec le transhumanisme, ça devrait être possible !

Dans les années soixante-dix, je n'avais pas de carte bancaire, pas de compte en banque obligatoire, pas d'ordinateur, pas de téléphone portable, pas de GPS. À cette époque, le citoyen lambda des pays occidentaux imaginait une machinerie du futur dans un monde plutôt riche et bien réglementé, peuplé de voitures volantes (car la voiture reste immortelle, elle) ou ce genre de choses ; mais il ne pensait pas aux nombreuses petites dérives qui fleurissent aujourd'hui comme des champignons empoisonnés après une mauvaise pluie. En dehors des philosophes, des chercheurs, des visionnaires et des créatifs dans les domaines de l'anticipation, de la science-fiction ou de l'art, qui nous poussaient à réfléchir, le péquin moyen occidental capitaliste avait imaginé le progrès, pas l'inverse ! Je me souviens qu'il avait même imaginé une société plus juste et en paix, peuplée d'êtres pacifistes, garants de notre avenir.

À l'époque, la grande peur planétaire et l'urgence, c'était le nucléaire, après l'horreur des bombardements atomiques sur Hiroshima et Nagasaki qui avaient tué, brûlé et contaminé entre 100 et 200.000 civils. Je me souviens d'un autre film culte où la guerre nucléaire finit par bouleverser le cours de notre évolution d'Homo sapiens sur deux pattes : « La planète des singes », sorti en 1968, adapté du roman de Pierre Boulle qui fut publié au début des années soixante ; film que tout le monde a fini par

voir, dans sa nouvelle version numérique où la philosophie est dégommée par le star système à grand renfort d'effets spéciaux sur fond vert. En 68, mon frère avait vu le film au cinéma ; il n'avait pas voulu me raconter la fin, ni me décrire la dernière image, pour ne pas me gâcher le plaisir.
Je me souviens aussi de la grande famine au Biafra, qui dura jusqu'en 1970, et qui fut très largement médiatisée.
Presque dans la foulée, en 1973, on avait vu le film « Soleil vert » réalisé par Richard Fleischer, avec un scénario décrivant la lointaine et futuriste année 2022 ! où les humains ont épuisé la quasi-totalité des ressources naturelles (on a eu chaud), où les océans sont mourants (ça oui), où la canicule est présente toute l'année à cause de l'effet de serre (on y court), où on vit dans la pollution, la pauvreté, la surpopulation (mais ça c'est déjà fait pour une grande partie de la planète) et où, pour terminer en beauté, on pratique l'euthanasie volontaire dans un système cultivant l'anthropophagie en transformant nos dépouilles en petits biscuits secs... Gloups !

« Fini, c'est fini, ça va finir, ça va peut-être finir. Les grains s'ajoutent aux grains, un à un, et un jour, soudain, c'est un tas, un petit tas, l'impossible tas ».

L'implacable réplique de Beckett est à la hauteur de ces visions apocalyptiques.

Mais dans le petit quotidien et la petite vie, le Français moyen (qui attendait quand même aussi Godot et qui l'attend encore), avait peut-être imaginé des gens parlant seuls dans la rue ou un métro sans chauffeur ; des mini téléphones sans fil dans la poche ; des jambes artificielles contrôlées par les impulsions du cerveau, des drones taxis téléguidés, mais peut-être pas vraiment un scenario comme dans le long métrage « Her » de Spike Jones sorti en 2013, où le héros manipulé par un programme informatique tombe amoureux d'une IA prénommée Samantha (une sorcière bien-aimée d'une autre trempe) avec laquelle il entretient des rapports virtuels de plus en plus intimes ! La scène sur écran totalement noir, où l'on n'entend que les deux voix qui se mélangent dans l'excitation et les fantasmes, est une scène de sexe sans chair ni sida ni MST, avec deux voix sensuelles, où les personnages atteignent la jouissance au bout du dialogue. Peut-être un modèle à suivre pour faire vibrer les cinéphiles dans le futur très abstinent qui s'annonce ? En tout cas, la séance à laquelle j'ai assisté fut tourneboulée par cette éloquente érotisation de la salle obscure. Cet autre noir imposé dans mon parcours, bien différent de ses petits frérots à travers le temps et l'espace, fut tout aussi intense et tout aussi suggestif...

Au cours des *seventies*, on n'aurait pas non plus imaginé (sauf pour certains, sous LSD, peut-être) ces délires visuels venus d'Asie, élaborés à partir de centaines de drones suspendus dans le ciel nocturne pour y inscrire des messages kitch afin de célébrer l'amour dans le mariage ! ni de logiciel en roue libre comme Chat GPT avec ses développements pervers ; et on était aussi loin d'imaginer le retour de la guerre et la renaissance du fascisme en Europe. On croyait en avoir fini avec la barbarie. On pensait avoir déplacé définitivement les conflits ailleurs, loin de chez nous, en mettant les miettes sous le tapis. Et bien sûr, on ne parlait pas encore d'hôpital en perdition, transformé en entreprise où les patients deviennent des marchandises, ni de casse du service public, ni d'école en déroute, d'augmentation de la pauvreté, d'ubérisation ou de travail à la tâche, nous qui vivions au cœur des trente glorieuses dans un monde fixe réglementé par le salariat, où on ne décapitait pas non plus les gens au couteau en pleine rue ou dans les cours d'école - du moins pas chez nous.

Bref, malgré toutes ces dérives qui nous démontrent qu'après « Le déclin de l'Empire américain » on a bien droit aux « Invasions barbares »[3], l'Homo sapiens dernier

[3] Deux films de Denys Arcand

cri se doit de rester debout sur ses deux jambes, comme un grand, pour gagner... entre six et dix euros de l'heure ? ou dix dollars par jour ? et beaucoup moins pour les plus démunis, dans un système de concurrence acharnée si protectionniste, que cet Homo abruticus (appelons le par son vrai nom, pour une fois) est en train d'exterminer le monde animal et végétal, et subséquemment de mener sa propre existence à la faillite. Allant jusqu'à polluer l'espace infini en l'encombrant de déchets non dégradables, ce n'est pas seulement la Terre et les animaux qui lui appartiennent, mais l'univers tout entier ! Argl !

La course à l'espace de la guerre froide entre 1957 et 1975, cette course interminable entre les ennemis jurés de ce monde capitaliste aux visées si peu honnêtes, enchaine maintenant avec une suite plus sophistiquée et plus cynique, menée par des milliardaires aux projets démentiels. Et ça passe comme une lettre à la poste, ainsi qu'on le disait au siècle dernier, lorsque le service public avait encore sa place et sa réputation. Alors, pourquoi perdre du temps et de l'argent à sauver la Terre en payant les pots cassés et en changeant de système ? puisqu'une poignée de privilégiés pourra aller batifoler follement ailleurs au moment de ce naufrage présumé, en sauvant l'élite ?

Avec de telles perspectives en tous points semblables à celles de l'arche de Noé, décrites dans la bible, autant mettre une nouvelle fois les miettes sous le tapis ; c'est vraiment plus simple et ça ne laisse pas de traces.

L'autre façon de marcher sur la Terre pour un bipède intelligent, s'il tient à la vie, serait celle visant à unir tous les vivants ! quels qu'ils soient, avec leurs différences ! Oui, je sais... Pourtant, c'est bien dans ce projet-là qu'il faudrait passer tout son temps ! pour réfléchir ! inventer ! échanger ! et pas ailleurs ; car cette unification est absolument indispensable à la survie de l'ensemble, qu'on se le dise.
Vaste entreprise : inhumaine, donc.

Or, pour moi, l'obstiné, le lucide ou le naïf, le rêve est toujours là, dans un coin de ma tête, plus de cinquante ans après ; un peu émietté quand même. Et comme il ne se réalisera pas, sauf dans le monde de l'art peut-être, je sais que l'Homo numericus - comme il est aussi dénommé aujourd'hui, cet Homo numericus en voie d'être robotisé jusqu'au bout des ongles, s'éteindra seul et amoindri, comme une vieille chandelle soufflée par le vent d'hiver. Pfuit !

J'ai pratiqué mon rituel dans de nombreux endroits, toujours avec inspiration, mais

sans aucune religiosité. Par ce jeu sensoriel et pas si symbolique que ça finalement, sans écran ni logiciel, je me laissais d'abord tomber sur le sol comme un pantin coupé de ses fils. Oui... comment dire ? Subitement ! Ce n'était pas par lassitude, au contraire. Je voulais me sentir libéré de mes articulations, des habitudes physiques héritées depuis le plus jeune âge, me sentir coupé des contraintes sociétales, pour quitter momentanément le bastion intangible des humains érigés sur deux pattes, être au ras du sol, sentir le monde autrement. Et cela ne durait pas non plus des heures. L'être cher, présent à mes côtés ne pouvait qu'épouser ma quête sans attendre : dans le cas contraire, sa silhouette serait restée en plan, immobilisée dans ses obligations et sa bienséance, là-haut, à mille lieues de moi, créant un véritable fossé entre nous.
Ça n'est jamais arrivé. Incroyable !
Mon engagement était-il si intense ?
Si enchanteur ? Si sérieux ?
Était-il seulement digne d'intérêt ?
Ou n'aurait-il été qu'une mise en scène du retour au sein maternel ? Ou une quête de dopamine pour ado à moindres frais ?

En tout cas, plus le lâcher-prise était assumé et théâtralisé, plus nous reprenions conscience de la vigueur et de l'équilibre qu'un Homo sapiens devait déployer pour se tenir debout ; pour tenir son rôle social d'adulte responsable. Il suffit de regarder les mines jubilatoires des parents (et j'en ai fait partie) qui crient victoire en assistant aux premiers pas de leur enfant, pour comprendre l'importance de la posture. À part les SDF dans les rues, qui s'allongent, qui refusent, qui en ont vraiment ras le bol, personne ne lâche jamais la bride. Chacun porte son poids sans se poser de question subsidiaire. L'inverse ferait désordre ; et puis ça serait sale, messieurs-dames ! surtout en ville : rendez-vous compte ! avec les saloperies que les gens balancent avec leurs mains, avec leurs bouches, avec leurs pieds : on n'est pas des animaux quand même ! ni une bande de sauvages ! ni une horde de gueux en larmes et en haillons !

Vu du ciel, pour des observateurs venus d'ailleurs à bord d'une soucoupe volante par exemple, être debout est depuis longtemps l'apanage exclusif du Terrien sur deux pattes qui, s'il veut continuer à être un roi ou une reine sur sa planète avec son p'tit costume taillé sur mesure, est sommé de se tenir toujours droit, de ne surtout pas ramper comme un animal, de ne pas se rabaisser au rang du caniveau, ni à ras de terre comme un vulgaire insecte que l'on pourrait écrabouiller du talon, et encore moins d'être au ras des pâquerettes comme un corniaud, élu roi des imbéciles. Oh, pardon ! mais il en est ainsi depuis l'aube de l'humanité ; et même à bord d'une soucoupe volante, on n'en fait plus un fromage. C'est dans l'ordre des choses. Mais quel plaisir c'était pour nous de s'affranchir de cet héritage ancestral en nous liquéfiant sur place, et à fortiori, dans un lieu qui n'était pas du tout prévu pour ça. Car il ne s'agissait pas de s'étendre sur un lit en restant poli, pour faire un dodo confortable dans une société moralement bien léchée, mais de s'allonger à même le sol, rendez-vous compte messieurs-dames, à même le sol ! en pleine nature et souvent en pleine nuit, (et pourquoi pas à poil pendant qu'on y est) pour tenter une expérience singulière et sensorielle de partage, ou de *fusion* avec le monde non civilisé, en gardant les yeux bien ouverts et l'esprit vif. Un vrai petit délire adolescent aux accents psychédéliques…

Dans mon souvenir, rien n'était jamais prémédité ni solennel sur cette route de montagne ni ailleurs. Et nous n'en devenions pas plus sauvages ni plus sots ; mais nous en étions que plus rêveurs.
Et nous savons bien que si le passé nous définit, les rêves redessinent l'avenir.

Nous marchons parfois si bravement sur la Terre, plombés par notre gravité ou notre désespoir ; parfois si élégamment, portant notre charme d'humain avec légèreté ou avec noblesse. Mais avons-nous encore conscience du rôle de ces pattes qui nous véhiculent avec un air intelligent et sensible, et avec l'apparence de petits rois ou de petites reines marchant sans calcul ? Qu'en est-il des danseurs de tango plantés à deux dans le sol pour une marche musicale, fusionnelle et délicate ? Qu'en est-il de ceux qui à l'inverse, ont perdu définitivement la faculté de se mettre debout ? Quelle place ont-ils encore parmi nos superbes châssis, nos longs fuselages et nos carrures de rêve ? Les randonneurs sont-ils encore conscients de leur poids dans la nature, de leur puissance au milieu du sentier ? Qu'en est-il de ces humains pliés en deux sur leurs chaises, qui, lorsqu'ils se redressent en fin de journée, reprennent conscience, pendant quelques secondes seulement, de leur équilibre et de leur aplomb dans l'espace ?

On nous a appris qu'en se mettant debout, l'Homo sapiens était devenu plus intelligent à travers les âges ; que son cerveau s'était développé, tout comme sa boîte crânienne ; qu'en se mettant debout, il avait libéré ses mains et s'était outillé pour construire son monde. Pour quel profit ? Ne s'est-il pas contenté de construire un monde à sa portée, rompu à ses plaisirs, cédant à ses caprices, pliant à ses quatre volontés ? Un monde sensé engendrer toujours plus de sécurité, plus de pouvoir ? Or, cette conception égoïste de l'existence n'a fait que le couper des autres vivants, jusqu'au point névralgique : celui où ce pouvoir dont il dispose est devenu une bombe à retardement ! Tic-tac, tic-tac.

L'Homo sapiens aura beau continuer à marcher en dominateur, droit dans ses bottes, croyant détenir les clés du système ; il aura beau épuiser les ressources sans compter, porter défi à tout venant, chercher l'aubaine et fabriquer les certitudes : s'il ne se pose pas la question de son véritable poids dans l'univers, hormis celui de ses kilos en trop, la prétendue modernité ne restera qu'un piètre épanouissement, qu'on se le dise !

Sur la route de montagne de notre jeunesse, allongés côte à côte devant des milliards d'étoiles, nous abandonnions un instant cette posture dominante pour un petit jeu pas vraiment raisonnable ou si peu raisonné, mais vécu avec authenticité, avec émotion, à l'image de ce que vivent la plupart des adolescents dans la force de l'âge lorsqu'ils testent la vie.
Cherchions-nous à marcher hors système, au-delà de l'univers ? Voulions-nous peser

différemment, nos dos collés à la Terre, en plongeant nos yeux dans cette exposition céleste qui nous emportait vers nos origines ? Dans ces instants de plénitude au cœur de l'histoire du monde, notre jeunesse devenait un grand poème lyrique et un conte fantastique qui rendaient hommage à notre curiosité, à notre imaginaire et à notre fantaisie. C'est ce que nous choisissions de croire ; et c'est aussi ce qu'un certain courant de pensée nous proposait à l'époque. Nous étions deux minuscules poussières d'étoiles qui épousaient avec ferveur et gourmandise la croûte terrestre, chaude et croustillante comme le pain du boulanger au sortir du four.

Nous vivions ce rituel dans l'enchantement, avec appétence, amour et sensualité, libres et conscients du grand voisinage, mais aussi de ce ruban d'asphalte qui nous soutenait dans l'obscurité. Nous n'étions pas encore soumis au poids de la vieillesse, ni sujets à sa fébrile verticalité. Nous partions aux origines et à la conquête du monde, posés à l'horizontale dans le lit de la Terre, tout frais, tout neufs, à peine sortis de l'œuf.

Amoureux en transit dans le temps et l'espace, nous étions locataires d'un bonheur éphémère et profond. Avec le cosmos infini au bout de nos yeux, nous sentions tout

l'univers, comme un bouquet aux parfums mirifiques. Nous étions à la lisière de la transcendance, de la philosophie, de la science.
Le voyage était étourdissant
Le jeu en valait la chandelle.
Nous faisions corps avec la Nature unique et indivisible.
Rien n'avait plus importance.
Et lorsque nous nous remettions debout sur nos pattes engourdies et que nous retournions au sein du collectif et de la fourmilière humaine, notre regard sur le monde avait sensiblement changé.
Peut-être étions-nous même un peu moins cons.

Transports

Petite voiture blanche. Décapotable. Bas de caisse au ras du sol et roues à rayons. Une Triumph Spitfire étincelante de 1972. Jumelle du bolide imaginaire menaçant d'interrompre notre rêverie étoilée, sur le ruban de bitume parcourant la crête du Ballon d'Alsace.
Elle aussi : étincelante et décapotable !
Mini short blanc moulant taillé au ras des fesses, assorti à la carrosserie de son bolide de collection ; petits œufs au plat qui pointent sous son débardeur. Un doigt de Birkin plus un zeste d'Anna Karina, dans leurs beautés post-adolescentes.
Cocktail explosif ! Boum badaboum !

C'est sa tenue de combat. Elle ne passe pas inaperçue. Ses cheveux lui tombent en pluie jusqu'au bas du dos.
C'est la fin des années soixante-dix.
Un parfum de patchouli et de haschich flotte dans l'air. Brian Jones, Jim Morrison, Janis Joplin, Jimmy Hendrix, se sont fait la malle. Tous ces « J » majuscules ont quitté le monde en pleine ascension musicale, nous laissant seuls sur la Terre - qui subitement nous parut plate -, nous, les tristes orphelins d'univers musicaux inégalés et peut-être à jamais inégalables.
La jolie brune file à 160 km/h en décapotable sur l'autoroute, avec ce petit rien

de débardeur qui ne tient plus qu'à un fil et ses longs cheveux balayés par le vent. Cette fois-ci, c'est moi qui tiens le volant ; c'est moi qui ai le pied planté sur l'accélérateur ; c'est moi qui suis responsable de notre intrépide vol en rase-motte, champignon au plancher, jusqu'au bout des orteils. Folie de jeunesse !

Elle me laisse faire. Le décor devient flou. Tout va trop vite ! Rester concentré sur le volant ; ne pas se perdre ; ne pas essayer d'apprécier ce paysage instable qui défile sous nos yeux ; qui devient mou, flasque, irréel. Uniquement le volant et le compteur avec ses cadrans, à l'image des montres molles de Salvator Dali en train de fondre. Des cadrans devenus beaucoup trop mous pour des aiguilles aussi nerveuses, et une confiance aveugle en la mécanique.
Ce sont les seules valeurs sûres à présent, dans cet habitacle qui mixe le cuir, le fer et le plastique, dans un style *so British.*
Nous filons à l'anglaise, à vitesse grand V, dans un espace dissous.
Au moindre écart, tout part dans le décor ! façon Gainsbourg dans son Comic Strip…

N'aie pas peur bébé, agrippe-toi, chrack !
Je suis là, crash ! pour te protéger, tchlack !
Ferme les yeux, track !
Embrasse-moi, smack !
Shebam ! Pow ! Blop ! Wizzz ! ♫ ♫ ♫

Nous brûlons par les deux bouts. Nous nous enivrons. C'est l'époque qui veut ça. Tout se libère. Tout se déchaîne.
« Il faut être toujours ivre. Tout est là : c'est l'unique question. Pour ne pas sentir l'horrible fardeau du Temps qui brise vos épaules et vous penche vers la terre, il faut vous enivrer sans trêve. Mais de quoi ?
De vin, de poésie ou de vertu, à votre guise. Mais enivrez-vous ».
Le souffle de Baudelaire nous inspire, bien au-delà de nos limites. Nous sommes des équilibristes marchant sur le fil de tous les possibles ou sur celui d'insondables vertiges. Nous vivons la fin des années soixante-dix en buvant le vin directement au fut. Nous nous gavons de plaisirs mirifiques. Place aux jeunes ! Vive la liberté !
L'histoire se répète. Une fois encore.

Dans la Triumph, boucan d'enfer et vent dans les voiles. Je n'ai jamais atteint une telle vitesse en voiture.
Jusqu'à présent, j'ai eu une 4L à trois vitesses, héritée de ma sœur ainée, puis une Simca Aronde de 1955, noire – appels de phares des collectionneurs à tous les carrefours ! Elle pouvait encore monter jusqu'à 120 km/h, mais à cette vitesse les essieux tremblotaient comme une vieille dame. Puis j'ai eu LE minibus Volkswagen, que j'ai acheté en Allemagne à un marchand de chaussures ambulant, le fameux

Combi *Split Window* (pare-brise avant en deux parties), qui datait du début des années soixante ; le même que celui d'Arlo Guthrie dans le film « Alice's Restaurant » réalisé en 1969 par Arthur Penn et adapté de sa chanson satirique contre la guerre du Viêt Nam ; un joli petit ragtime joué en picking à la guitare folk :

You can get anything you want,
In Alice's Restaurant... ♫ ♫ ♫

Le Combi Volkswagen, c'était le minibus des hippies par excellence. Il pouvait rouler jusqu'à 100 km/h, en étant prudent et pas trop chargé. Avec lui, je suis parti en tournée pendant quelques années, en France, en Italie, en RFA. J'ai fait deux fois l'aller-retour Strasbourg-Berlin, puis je l'ai vendu à des potes et il a terminé sa course dans un fossé en Irlande...

Mais raser le bitume dans une Triumph Spitfire de 1972 lancée à 160 km/h, pied au plancher, qui plus est dans une décapotable, c'est une grande première sur l'asphalte ! Nous sommes bien loin de la route silencieuse que nos corps allongés épousaient dans l'obscurité montagnarde d'une nuit d'été ; qui nous faisait mordre à pleines dents dans une tout autre pomme, entre la ferme-auberge et notre maison en pain d'épice...

160 km/h ! à l'air libre ! au ras du sol ! Cette aventure pourrait nous coûter cher :

bolide blanc partant dans le décor, terrible vol plané, multiples tonneaux...
Nous n'aurions aucune chance.
« Les choses de la vie », quoi. Le film de Claude Sautet sorti en 1970.
Or, cette fois-ci, pas de solitude affectée en fumant des gitanes jusqu'au trognon : le ténébreux Piccoli AVEC Romy Schneider (ou AVEC Léa Massari, peu importe) : un superbe duo dans l'habitacle, un couple de stars, et Boby Lapointe qui déboule avec sa foutue bétaillère et qui cale au carrefour, bien sûr !
Même scénario. Bing !
On connaît tous l'histoire. Snif...

À bord de la Triumph, ce serait la même chose, en plus baba, en plus chevelu, en moins bourgeois, en moins star-système, avec mini short au ras des fesses et barbe fleurie, façon Maxime Le Forestier.
Folie de jeunesse. Nous laissons faire.
« Mourir d'aimer » aussi, peut-être...
Nous prenons tous deux la tangente, sans un mot. Muets avant l'heure.
Notre amitié amoureuse suffit-elle à nous faire dériver vers ce chemin de traverse qui pourrait nous enterrer vivants ?
Certainement pas ; il y a autre chose.
Comme dans tout ce qui est authentique, il y a un secret, nous soufflerait Jorge Luis Borges, le grand Argentin des salons littéraires du groupe *Florida* de Buenos Aires.

Quel est ce secret ? Quel est notre secret ? Avons-nous seulement le même ?
Le paysage défile à vive allure et la peur monte. Quand même... Nous ne sommes ni des sauvages ni des abrutis ! J'ai enfilé le costume d'un cascadeur en toc, mais je suis encore vivant. J'ai pleinement conscience de ce qui se passe. Elle aussi : son cœur bat sous son débardeur, avec ses petits œufs au plat et leurs tétons dressés contre le vent. Nous survolons la vie en rase-motte ! Ensemble. *Born to be Wild !* [4]

Nous avons fait l'amour très bruyamment cette après-midi, dans sa chambrette sens dessus dessous. Nous y avons fumé les herbes illicites, au nez et à la barbe de sa colocataire qui sirotait une citronnade dans le jardin, sous les fruitiers, comme une vieille avant l'âge. Une voisine sympathique, du reste, mais sans boules quies… Nous, nous sommes des hippies un peu embourgeoisés qui jouissons sans entrave. Politiquement la honte, la trahison, même. Le revers de la médaille.

Il y a quelques mois, nous sommes allés en Grèce. En stop. Avec nos passeports, nos brosses à dents et deux trois fringues légères, le tout enroulé dans deux couvertures, comme des baroudeurs, des sortes

[4] Groupe *Steppenwolf,* 1969, utilisé pour le film *Easy Rider.*

de cow-boys sans chevaux, avec un mini sac en bandoulière et rien d'autre.
Deux liasses de billets de banque pas bien épaisses, astucieusement planquées dans nos ceintures, quand même...
Le type en uniforme à la douane suisse, avec son accent à couper au couteau :
Fous allez où ? En Grèce... Gombien de demps ? Un mois, peut-être. Un silence.
Et fos affaires ? Dans les couvertures et le mini sac. Un autre silence. Il vérifie, fouille le sac, déroule les couvertures, épluche les passeports. Il est abasourdi. Qu'attendre d'autre d'un jeune douanier suisse flanqué d'un uniforme aux reflets vert-de-gris qui rendent son teint blafard et cartonneux, avant même que d'avoir passé le seuil de la trentaine ? Le jeune xénophobe reste calme, scrupuleux, pragmatique, tout en matant discrètement le mini short un peu plus bas et les jolis œufs au plat un peu plus haut. Elle laisse faire ; elle l'aguiche. Est-elle en train de refaire le monde en deux coups de cuillers à pot ? Possible. Elle est capable de tout.
Il nous regarde avec des yeux de merlan frit : « égouttez, ça n'est tout de même bas bossible t'aller en Crèce, afec les affaires chuste vourrées tans la gouverdure ! »

Finalement, nous sommes passés. Comme par les trous d'un gruyère qui se relâche. Le petit monsieur a fondu comme dans un caquelon. Nous avons percé le coffre-fort. La Suisse est à nous. Hoplà Yolala houti !

Sur le bord de la route, elle se met en avant. À peine deux minutes plus tard, une Mercedes s'arrête, avant la bretelle. Blanche, elle aussi ; plutôt sale. Grosse cylindrée. Fauteuils en cuir rouge, tableau de bord en ronce de noyer, radiocassette stéréo intégrée avec quatre baffles dans l'habitacle. Le modèle de luxe.
Le modèle de collection amélioré.
Ça doit valoir une fortune.
Je vais en Grèce, en Turquie ou au Liban, nous dit le type avec un joli petit accent d'outre-Rhin ; pour vendre la voiture.
Il fait ça souvent.
Soyez les bienvenus à bord !
C'est un coup de chance inespéré.

Il est simple, aimable, habillé cool dans un costume en lin défraichi ; il parle français comme tout Allemand cultivé et il est fatigué. Très fatigué. Il nous propose donc de partager le volant ; il doit impérativement dormir. Il vient du nord de l'Allemagne, tout là-haut, à Hambourg. « HH » sur les plaques. Ville marchande, ville libre.
Il a fait le trajet d'une traite, en solitaire, comme d'habitude, pour ses affaires...
Nous nous sommes arrêtés une fois en Yougoslavie – pays qui n'existe plus aujourd'hui, car là, nous sommes en 1978, juste avant la montée des nationalismes et Tito est encore au pouvoir dans un pays qui ne semble pas encore en morceaux.

Dans ce restaurant très austère qui me rappelle certains aspects de Berlin-Est, le serveur est robotique dans son costume élimé. Son tablier lui descend jusqu'à mi-cuisse. Il ressemble à un cordonnier paré à l'ouvrage. Et comme tout cordonnier qui se respecte, il est assez mal chaussé.
Ses propositions de collations sont modestes. Un étalage de petites entrées, de sandwichs et de salades qui n'ont pas l'air du jour, le tout exposé sur les dessertes réfrigérées qui longent le bar. Les rayons sont à moitié vides, le café plus turc que nature, la bière plutôt tiède.
Allez, courage. Hips !

On dirait un hôtel viennois, tchèque, ou hongrois. Mais rien à voir avec le célèbre et somptueux *New York café* de Budapest, avec son style Renaissance éblouissant, ses saucisses hongroises, son *Strudel*, ses thés, cafés et chocolats chauds. Non, cet endroit me rappelle plutôt la ville d'eaux du roman de Milan Kundera *La Valse aux adieux*, paru en 1976. Un roman où les subtilités de l'écriture parlent de choses graves avec une surprenante légèreté, à l'image de ce grand gâteau crémeux qui a dépassé la date de péremption avec un sérieux à couper le souffle ; comme s'il avait loupé la date anniversaire ! et aussi de ces imposants ventilateurs de plafond, et de ces lustres en cristal suspendus au-dessus de nos têtes, au charme désuet. Il ne manque que Sissi l'impératrice ! (Elle est avec Piccoli - du moins dans sa tête - dans l'autre bolide, pas le blanc, le gris métallisé, celui du film, juste pendant le crash : Boby Lapointe et sa bétaillère, bing ! les tonneaux wloup ! les gitanes sans filtres qui voltigent zip zap ! le pommier dans le pré, chtonk ! la roue qui rebondit sans bruit et la chanson d'Hélène, ah, la chanson d'Hélène... et Piccoli ballotté avec ses clopes, sa lettre d'adieu pour Romy, pliée dans son costume).

J'observe l'architecture du lieu. Je me demande comment ce grand édifice en carton-pâte a poussé là, au bord de la route nationale. Dans ces pays, les éléments les plus disparates coexistent bizarrement, créant un monde de l'absurde, tant ils sont anachroniques, antinomiques et surréalistes. Les reliques de l'Empire austro-hongrois côtoient la pauvreté contemporaine héritée des Soviets, de façon désinvolte, avec un fatalisme tartiné au beurre rance, ou un fanatisme d'arrière-cour servi sans passion. Conséquences de la guerre froide et de l'URSS triomphante, faisant son nid sur les cendres encore tièdes des anciens royaumes. Mais quand la tribu des Austro-Hongrois a décampé royalement avec ses vieilles couronnes sous le bras, ils n'ont laissé derrière eux qu'un grand délire ; un mélange insipide recyclé par les nouveaux chefs de la révolution prolétarienne, sans moyens, sans conviction, sans gout, sans plaisir.

Au redémarrage, c'est elle qui prend le volant. Le type dort à l'arrière, confiant, enlisé dans le cuir rouge de la banquette comme dans des sables mouvants ; ou dans les draps de son enfance, peut-être : sa tête émerge avec la bouche ouverte et la langue gonflée, prête à téter goulument ; le costume en lin est de plus en plus défraîchi ; il a pris les traits du pyjama des nuits agitées de la petite enfance, avec ses rayures en désordre ou ses pois éparpillés dans les draps, comme une poignée de confettis lancée par le marchand de sable.

Bonne nuit, les petits, tut tu lu duuut,
tu tu ti tu du du, du tu du duuu, du tu tuuu,
du tu tuuu ... ♫♪ ♫♪

Or, le visage de ce grand poupon affiche une barbe de trois jours. Ce qui rend la naïveté du dormeur moins enfantine. Il est figé dans le clair-obscur de l'habitacle et ses joues grisâtres luisent comme deux pierres légèrement moussues éclairées par la lune. Les pieds de cet homme liquéfié sur la banquette arrière sont moulés dans des chaussures de cuir haut de gamme, italiennes probablement, à peine délacées et cirées proprement. Elles montrent son

appartenance à une classe sociale privilégiée, malgré son air de mannequin en plastique sorti des rayons d'un Magmod[5], et les conditions défavorables de cette mini salle de cinéma, où je me fais un film en technicolor, sous l'éclairage alternatif de quelques véhicules venant en sens inverse.
Ça y est ! je suis en plein délire...
La luxueuse Mercedes est devenue ma *Cinecittà* des années soixante-dix à moi...
Je plane véritablement, pris entre l'obscurité d'une salle de cinoche imaginaire et les flashs intermittents qui jaillissent de la route ; presqu'avec un Miko à la main !
Cette projection sur quatre roues prend le pas sur les grandes salles obscures italiennes d'autrefois, façon minisérie franco-allemande, filmée en voiture, caméra à l'épaule, qui n'a rien à voir avec les bobines de propagande fasciste des années trente, au sein d'une *Cinecittà* arrivée à son apogée avec le régime Mussolinien...
Oui, je suis bien assis dans une berline luxueuse lancée à grande vitesse, et non pas en face d'un écran de cinéma en technicolor. C'est la fin des *seventies* ; nous roulons sur un morceau de continent bien réel ayant retrouvé un semblant de paix après les dictatures européennes et les deux guerres mondiales, grâce au déplacement des conflits vers les pays démunis

---

[5] Magasins Modernes (Mag-mod), 1906-1982

de la Terre. C'est bien ça. Je ne rêve pas. Nous ne sommes pas non plus dans « Vol au-dessus d'un nid de coucou », l'excellent film réalisé par Miloš Forman, en 1975 ; l'homme endormi sur la banquette arrière n'a rien d'un Jack Nicholson, léthargique après la fameuse bringue nocturne menée de main de maître avec la bande des agités du bocal, qui se termina en tragédie, grâce à la très glaciale infirmière en chef Miss Ratched. Chaque Homo sapiens, même le plus gogol, sait bien que sur ce morceau de Terre aux contours très sournois qui défile derrière la vitre, l'argent du capitalisme triomphant ne fait toujours pas le bonheur ; que la liberté se payera toujours au prix fort, à l'Est comme à l'Ouest.

Le groupe de rock progressif *Rare Bird* a beau avoir chanté avec lyrisme en 1969 *And Sympathy, is what we need my Friend* et les Beatles en 1967 le doux et pacifiste *All you need is Love,* on ne partage toujours pas les richesses sur cette foutue planète, on se castagne encore à tout-va, malgré le devoir de fraternité et la fin de la guerre du Vietnam en 1975, après vingt ans de carnage au seul profit des blancs, riches, conservateurs et républicains. Le mouvement hippie issus du *Flower Power* s'est fait battre à plate couture. Nous sommes et avons toujours été de doux rêveurs pour les requins de la finance. Elle

et moi roulons sur cette Terre d'injustice, embarqués par un type plein aux as plus sympathique que d'autres, pour traverser un pays pauvre en direction d'un autre pays pauvre, cernés par d'autres pays pauvres. Mes pensées sont multiples dans le temps et l'espace de tous ces pays pauvres, pour un voyage qui se déroule autant dans cette voiture de luxe arrogante que dans ma tête peuplée de chimères, de souvenirs confus, de films, de musiques et de références diverses.
Ça plane pour moi. Je peux reprendre mot à mot la chanson qu'Antoine chantait en 1966, tant mon cerveau divague au cœur de l'habitable, en observant l'homme empaqueté dans son costume-chiffon...

La fumée dans les yeux, un éléphant me regarde et j'ai la tête qui part... Les fenêtres se tordent, les portes vont éclater, le plancher vacille, les murs vont s'effondrer ♫

C'est un peu la pagaille, dans cette berline lancée en pleine voie avec sa puissante carlingue qui avale les kilomètres sans compter - faisant fi au passage du choc pétrolier qui dure depuis quatre ans et des mesures de restriction en essence.
Elle assure comme une reine du volant, un pilote chevronné digne de Niki Lauda ou de stars célèbres comme Steve Mac Queen, alors que je somnole dans le fatras des petites affaires de voyage éparpillées sur

les sièges, gâteaux, clopes, chocolats, lunettes de soleil, chewing-gums, cartes routières, journaux allemands... avec devant mes yeux fatigués cet homme énigmatique englouti dans le cuir cossu. La fatigue s'abat sur moi comme un couperet sur son billot. Je flotte moi aussi dans la nuit et dans mes *élucubrations*, comme le chantait encore Antoine en 1966, avec des paroles un peu provoc. Entre les ronds de fumée, je me souviens de ce premier tube du yéyé qui voulait mettre la pilule contraceptive en vente dans les Monoprix ou enfermer Johnny Hallyday dans une cage au cirque Medrano !

Ma mère m'a dit Antoine va t'faire couper les ch'veux, je lui ai dit ma mère, dans vingt ans si tu veux (...) tin, tin din tin, tin din tin din tin, tin din tin din tin ... Oh Yeh ! ♫♫

Ça planait pour Antoine, ça plane aussi pour moi ; je fume trop, clope sur clope, pire que Piccoli dans ses films (comment pouvait-il fumer à ce point en 24 images par seconde ?) et je baille aux corneilles à m'en décrocher la mâchoire. La réalité a perdu pied, faisant place à tous les vertiges, aux visions nocturnes délirantes et aux fantasmes, comme cela se produit souvent pendant les longs voyages de nuit en voiture ou en train. Chaque élément sert de base à une construction visuelle à géométrie variable, distordue et aléatoire.

Après ce petit jeu visuel capté à travers les vitres ou entre le plafond et le haut du siège, je m'égare dans un nouvel univers, plus pictural, en auscultant le visage de l'homme endormi dans tous les détails, pour mieux en croquer le portrait. Sur la chaine stéréo cassette, nous écoutons le très planant *Dark Side of the Moon*, du groupe Pink Floyd ; une musique idéale pour la route de nuit. C'est elle qui a choisi, parmi les cassettes qui trainaient dans la boite à gants.

Dans ce rêve éveillé, tout en détaillant le visage de cet homme enlisé dans sa nuit, des souvenirs de peintures vues je ne sais plus où, remontent à la surface. Non, ce n'est pas un éléphant qui me regarde, comme dans la chanson du Yéyé en chemise à fleurs. Je pense plutôt aux autoportraits de Egon Schiele, tant le visage du dormeur est teinté de mélancolie et de souffrance. Il m'évoque ceux où Schiele explore la figure humaine, l'illustre dans ses superbes abandons et la peint dans son intimité la plus révélée. Les absences et la détresse de ce corps inerte affalé sur le rouge ombragé de la banquette se dévoilent dans des éclairages de phares imprévisibles, donnant vie aux combats intérieurs d'un très mystérieux homme d'affaires en chute libre. Cette vision m'emmène un peu plus loin que la sensation.

Elle me parle de la vie d'un Homo sapiens rêvant sur une Terre instable, à la recherche du bonheur. De mon point de vue, le tableau est symbolique. Il pourrait trôner sans problème parmi les autoportraits de Schiele, et même dans les rangs d'une série noire issue de la galerie j'farfouille ; celle que nous chantait Léo Ferré en 1971 dans son touchant poème *Avec le temps*, en évoquant son spleen du samedi soir.

Mais ça bouge, ça swingue, rien n'est figé. Il y a maintenant dans cette peinture imaginaire, une liberté de jouer, de s'amuser, de sortir des conventions. Ça devient de l'art sonore, enjoué et musical. Rien à voir avec l'art du silence et de l'austère, car les musiques dans ma tête et celles de la chaîne stéréo fusionnent dans les volutes de fumée qui envahissent l'habitacle.
Voilà l'univers nocturne auquel je m'abandonne : bâti à la lisière du réel et de l'imaginaire ; nourri de peintures excessives ; d'un monde de l'absurde ; d'un ciné-club personnel ; de musiques légendaires qui résonnent sur l'asphalte.
Peut-être devrais-je imaginer plus modestement un inédit de ma propre galerie, et le brosser vite fait en quelques coups de pinceau bien sentis : messieurs Schiele, Ferré and Co, je vous présente mon p'tit dernier « Le dormeur à la Mercedes », un Allemand sympathique plein aux as ! avec

en sus pour l'accompagner dans son sommeil de plomb, une jolie petite comptine :

Meunier, tu dors, ton moulin, ton moulin va trop vite ! Meunier, tu dors, ton moulin, ton moulin va trop fort… ♫♫♩

Oui, ça me va tout à fait. Ça ronronne.
Ça colle avec l'ambiance et la vitesse.
C'est un bon petit délire audiovisuel.
Et la berline flotte dans une nuit magique.

Tandis que nous avalons des kilomètres de bitume, elle conduit avec concentration, le regard hypnotique planté derrière le pare-brise assailli par une forte pluie.
Le va-et-vient des essuie-glaces ajoute son mouvement métronomique à l'ambiance sonore. Je pense aussitôt au film « Trafic » de Jacques Tati, sorti en 1971 ; à la scène des bouchons avec le gros type au cigare dans sa Mercedes noire avec essuie-glaces de nanti, fendant la pluie avec une autorité indécente, tandis que le maigrichon au feutre mou dans sa 2 CV, avec son demi-essuie-glace de freluquet, grince maladroitement au milieu des embouteillages ! Ça me fait rire. Tati avait l'art et la manière pour croquer le système en deux coups de caméra. Elle me voit chevroter dans ma barbe sans comprendre. Elle trône comme une reine dans le confort de cette carrosserie de luxe qui glisse en souplesse sur la nationale cahoteuse, avec la musique

planante des Pink Floyd qui nous envoûte. L'envolée vocale ahurissante de la chanteuse Clare Torry sublime la bande-son dans la chanson *The Great Gig in the Sky.* Par moments, elle me jette un rapide coup d'œil, avec un sourire en coin, semblant se demander où j'en suis dans mon cerveau, dans ce qui lui reste de réalisme. Comme d'habitude, nous nous comprenons sans un mot. Musique oblige.

Nous nous arrêtons 250 km plus loin pour remplir le réservoir. J'atterris moi aussi, sous les éclairages blafards de la station-service, comme si ma mini salle obscure se rallumait en fin de séance. Le dormeur à la Mercedes émerge à son tour avec un bâillement sonore et sort de la voiture. Il marche et titube un peu dans les flaques éparses, car cette pluie rapide s'est abattue sur une terre en manque d'eau, balafrée par de grandes cicatrices, sur ce bout de pays à la recherche d'équilibre.
L'Allemand défraichi n'accepte pas le partage. Le partage, c'est pour les pauvres.
Lui, il a plein de liasses de billets dans ses poches. Il ne sait même plus dans laquelle, après ce réveil plus chiffonné que son costume ; avec toutes ces poches, en haut, en bas, à l'avant, à l'arrière, à l'intérieur, et ces épaisses liasses de Deutsche Marks qui sont une vraie monnaie passe-partout. C'est un homme aux allures de pochette

surprise ou de guichet automatique...
Si on appuie sur le bon bouton, ça fait :
Tilt ! ou *Crac boum hue !* ♫
comme chez les playboys de profession !
Les filles en tombent à ses genoux... ♫
Excepté celle en mini short moulant qui fait la sainte nitouche à ses côtés.
Impossible de prévoir quelle somme va jaillir du costume-chiffon. Après quelques palpations aléatoires à tous les étages, le type sort une liasse de billets comme s'il sortait un lapin de son chapeau !

Et hop ! Yop là boom, c'est le roi du macadam ! ♫

Il bredouille deux trois mots dans sa langue maternelle, secoue sa gueule de bois à la manière d'un oiseau qui s'ébroue et paie la facture sans chichi. Puis il reprend le volant. Elle reste à l'avant, un peu trop aguicheuse avec son short qui lui scie l'entrejambe après des heures assise sur le cuir rouge, et ses tétons qui pointent dans l'ombre. Ça gardera le type bien éveillé jusqu'à la frontière ! et elle aussi ! Je la laisse en bonne compagnie et je m'endors comme un loir. Finalement, nous dormons tous plusieurs heures, avant de reprendre la route dans l'après-midi.
Lorsque nous arrivons en Grèce, il fait de nouveau nuit, mais ce n'est pas la même : c'est une nuit plongée au fond d'un encrier. De celle que l'on ne trouve qu'en

montagne, loin de la jungle des villes... Un noir, qui même avec les yeux écarquillés, ne permet pas de savoir sur quoi nous marchons. Le type nous a laissés en rase campagne à un rond-point sans éclairage, recouvert par les herbes folles. Un lieu abandonné, avec un panneau rouillé, illisible. Il est parti en coup de vent, comme s'il avait le feu aux fesses après un larcin. À moins que ce ne soit son sens des affaires, ayant repris le dessus après une jolie parenthèse en notre compagnie. Les phares se sont évanouis dans les lointains, nous abandonnant dans l'obscurité totale.

À présent, nous marchons comme deux aveugles. C'est encore plus noir que le noir si noir de mon enfance sur la route de la ferme. Comment un tel noir est-il possible ? Aurions-nous fait un bon de trente-huit ans dans le futur ? Sommes-nous propulsés en 2016, à la vitesse de la lumière, noyés dans « l'ultra noir » d'Anish Kapoor ou engloutis dans le « Black 3.0 » de Stuart Semple ? Sommes-nous étrangement mêlés à leur conflit artistique et commercial visant le noir absolu ? Mais non : nous sommes en Grèce, en 1978 ; ce futur conceptuel n'est pas encore imaginable pour des hippies de notre époque. Mais cette puissance invisible autour de nous prend les traits d'une quatrième dimension au cœur de l'espace-temps.

Pour nous maintenir dans une réalité tangible, il n'y a que les arômes des plantes et le chant des cigales : les mâles célèbrent la chaleur de l'été en activant frénétiquement leurs cymbales, honorant la douceur de vivre et le bien-être des humains.
La Grèce antique en avait fait le symbole de la musique et de la poésie, comme le laurier sacré, dont les senteurs flottent dans l'air immobile qui nous enveloppe, pour célébrer le dieu Apollon campé à nos côtés, dans l'obscurité de ce jardin odorant. Nous sentons à plein nez l'origan qui exhale son bouquet épicé ; la marjolaine sauvage et son philtre d'amour prêt à nous envoûter ; les bouquets de thym nés des larmes d'Hélène, fille de Zeus, le Dieu du ciel et des étoiles. La nature nous plonge dans la mythologie d'une Grèce antique. Nous la sentons vivre et respirer dans ce noir imposé ; un noir qui pourrait nous renvoyer judicieusement sa lumière propre en la sortant des ténèbres ainsi que l'a fait Pierre Soulages dans sa *peinture informelle* et son « noir-lumière ».

Nous sommes privés de vue malgré nos yeux grands ouverts, comme dans le dortoir familial de mes vacances au Markstein ou sur la route du Ballon. Or ici, point de veilleuses en peaux d'orange pour accrocher nos yeux ni de ciel étoilé ; nous avançons au hasard dans ce pays que nous ne

connaissons pas, mais qui titille déjà tous nos sens aiguisés. Le monde des aveugles nous est subitement acquis : nous nous distinguons à peine l'un l'autre, sauf par le goût de nos bouche-à-bouche répétés et de leurs langues caressantes.
Nous tentons désespérément de distinguer quelque chose dans cette suie tassée au fond d'un trou obscur, mais c'est à travers des lunettes de soudeur !
Nos nez et nos oreilles sont à l'affut d'une reconnaissance. Chacun de nos pas devient une parcelle d'aventure terrestre, à l'image de l'Homo sapiens marchant aux origines du monde, perdu dans la grande nuit préhistorique, portant son poids de mystère, d'incompréhension et d'aléatoire.

Au bord de l'inquiétude, nous percevons enfin une lueur au loin. Une minuscule lueur qui apparaît d'un coup, comme si quelqu'un venait de craquer une allumette à l'horizon. Elle sera notre unique repère. Nous ne la quitterons plus des yeux.
Jusqu'à sa source.
Pourvu qu'elle ne s'éteigne pas…
Nous suivrons ce fil d'Ariane à tâtons, ou à quatre pattes s'il le faut, enveloppés des parfums capiteux qui nous accompagneront dans la chaleur de l'air, avec les pieds et les mains fouillant dans la terre rocailleuse et les herbes sèches, à la recherche du chemin de fortune qui nous délivrera

enfin de ce grand néant visuel.
Pourvu qu'elle ne s'éteigne pas...
Pourvu qu'elle ne s'éteigne pas...

Ça y est ! Nous y sommes. Mais ce n'est pas la maison bleue accrochée à la colline, qu'on chantait en 1972. Elle est blanche. Avec des volets bleus, quand même ! La lueur de l'ampoule qui pendouille devant le seuil est assaillie par une flopée de papillons crépusculaires ivres de liberté, qui tournoient et qui se cognent au mur, au verre de l'ampoule, entre eux. C'est la confusion, l'euphorie, l'ivresse garantie et la tournée générale ! Cette soûlerie de lumière n'épargne aucun de ces noctambules surexcités. Dans ce microcosme aérien, leur course au profit ressemble à celle de nos fourmilières citadines, électrifiées, aveuglantes et éperdues.
Après avoir frappé à la lourde porte en bois, une femme apparaît, telle Aphrodite dans sa beauté légendaire, mais vêtue de noir, les pieds nus posés sur les dalles de pierre. Nous baragouinons en anglais et agitons nos mains comme des polichinelles... Elle comprend vite qu'il ne s'agit pas d'un spectacle de marionnettes, arrivé en soucoupe volante ! que nous cherchons un endroit pour passer la nuit, après cette plongée sensorielle déroutante mais jouissive. La demeure est spacieuse, presque vide, avec des tentures, des vases anciens,

quelques meubles rustiques, un comptoir en bois. C'est un hôtel ; il paraît désaffecté. Avons-nous atterri dans un film de Luis Buñuel ou en Amérique du Sud, égarés entre les pages de « Cent ans de solitude » de Garcia Marquez ? Ou encore dans un film d'Ingmar Bergman, aux images sculptées en noir et blanc ? Ou peut-être même dans un génial Godard fortement teinté de mythologie grecque et rescapé des années soixante ? Mes visions sont multiples au sein de ce décor insolite, émergé du néant.

Au fond du hall d'entrée, un grand escalier en pierre monte à l'étage, majestueusement, à l'instar d'une invitation au repos du guerrier - et de la guerrière. La beauté de cette femme solitaire, le noir de sa tunique au cœur du blanc crayeux qui recouvre les murs de chaux vive... tout provoque en moi une émotion intense. Sa beauté est aphrodisiaque. Elle me fixe ; son regard est perçant, lumineux dans son visage hellénique à la peau mate. L'éclat de sa silhouette irradie dans la maison. Elle se tient là comme une héroïne de tragédie accablée par la fatalité, la perte ou le veuvage, la douleur d'un amour impossible ; avec la solitude d'un coureur de marathon épuisé dans sa course. C'est Bérénice trônant pour les besoins d'un acte racinien qui naît dans ma tête peuplée d'alexandrins. Si nous parlions la même langue, il

pourrait y avoir entre nous de fulgurantes répliques aux élans dramatiques, déclamées sur douze syllabes :
Je serais un amant au cœur empli d'espoir, venu se dévoiler dans la torpeur du soir : « Hé bien ! Antiochus, es-tu toujours le même ? Pourrais-je, sans trembler, lui dire : je vous aime »[6]. Ou je serais Titus, malheureux obligé, renonçant à l'amour, face à sa destinée : « Si je suis Empereur ou si je suis Romain, je suis venu vers vous sans savoir mon dessein[7] ».
Je serais l'un des deux ou les deux à la fois, dépité de passion ou contraint par la loi ; car c'est le sort des hommes d'être faibles ou tranchants, face à l'adoratrice dont ils se rêvent amants.

Ce dernier vers nait dans mon esprit alors que mon regard est plongé dans le sien. Bérénice écrit-elle également un dialogue amoureux dans sa tête ? Son regard sur moi semble si serein, aux lumières caressantes. Elle a l'air confiante, comme si elle percevait dans ma jeunesse, de l'innocence, de la bienveillance et de l'humanité. Aucun film d'horreur, donc, dans cet hôtel désert, surgi au milieu de nulle part.
Pas de tueur hitchcockien avec couteau de boucher à la main, ni de tragédie grecque

---

[6] Bérénice, de Racine, vers 19-20, scène II

[7] Bérénice, de Racine, vers 1381-1392, scène VI

aux larmes entretenues. De la sensualité, de la chaleur humaine, du désir. Et un mystère aussi épais que la nuit noire qui entoure la maison et son cortège de papillons hyperactifs.

Pendant ce nouveau cinéma intérieur qui accapare mes pensées et qui fait battre mon cœur, « Elle » reste alanguie sur les marches de l'escalier et nous observe avec ses grands yeux clairs.
C'est une observatrice avertie.
Nul besoin d'explications entre nous.
Elle connaît mes excursions idylliques.
Mes coups d'œil suffisent pour conforter la complicité amoureuse qui nous lie. Le regard qu'elle me porte est sans ambiguïté, tout comme les œillades furtives qu'elle adresse à la dame en noir. Tout se passe à la vitesse de la lumière, une fois de plus.
Elle rayonne dans son mini short blanc, le corps posé avec nonchalance sur la pierre ocre, entre les rampes en bois du grand escalier qui trône puissamment.
La lampe aux papillons, suspendue à l'entrée, reflète le bleu grec des volets sur les marches de pierre. Cette lueur céruléenne repeint en partie le hall de la maison immergé par une onde égéenne et onirique.
La dame en noir nous conduit à notre chambre, plutôt vide, où trône un lit en bois avec voilage. Puis sa silhouette de tragédienne, de déesse grecque, est absorbée

derrière un drapé de toile rouge, au bas de l'escalier. Cette disparition silencieuse en coulisse marque l'apogée d'une scène voluptueuse et surréaliste. « Tout essai de raisonnement n'y fera rien, car il ne pourrait à lui seul éclaircir ce que le sentiment a rendu flou », pour reprendre les mots ciselés du grand Godard. Nous nous endormons amoureusement dans le silence de la nuit, sans émettre un seul mot. Peut-être afin de ne pas troubler ce moment suspendu sur la Terre aride. Nous nous noyons dans la chaleur de cette autre nuit d'encre qui absorbe nos corps enlacés et fourbus.

Au petit matin, adieu, la Callas ! et ses magnifiques yeux noirs. Nous partons vers *Thessaloniki* à bord d'une charrette tirée par deux ânes. C'est folklorique, odorant, coloré et sonore, car les ânes sont parés de leurs jolis bonnets avec houppes et clochettes, comme pour un tour de manège. Nous sommes assis à l'arrière, à même le sol de cette remorque ouverte sur le ciel bleu, où des pastèques se gorgent aux rayons d'un soleil matinal flamboyant.
La lumière du jour nous fait découvrir le paysage de notre excursion nocturne à l'aveugle : des champs peuplés d'herbes aromatiques, des vignes et de la rocaille, et quelques chèvres maigrelettes arrivées là

sans doute à l'aube. Le vieux, qui nous a récupérés sur le chemin, nous laisse profiter de son chargement : c'est un déjeuner juteux et sucré, de chair pulpeuse rouge et de croquants pépins noirs. Il parle à ses ânes avec tendresse, dans un grec caillouteux et plutôt édenté, les bichonne comme un vrai papa gâteau, avec dans une main des rênes mollassonnes posées au bout de ses doigts cornés par les travaux, et dans l'autre un curieux chapelet monté sur une sorte de martinet, qu'il manipule machinalement ou agite, comme s'il chassait les mouches entre deux prières.

Il nous conduit jusqu'à l'arrêt du bus, qui finit par s'arrêter, tant nos grands gestes répétés et nos braiements paraissent réels et désespérés, sur le bord de cette route de campagne sèche et poussiéreuse.
Le transistor du chauffeur trône sur le tableau de bord avec ses verres vides et ses paquets de clopes écornés. Le pare-brise est garni des inconditionnels pompons, des cartes postales jaunies, des photographies familiales, des médailles porte-bonheur, des figurines et des objets de culte à dorures. L'autobus brinqueballe à tous les étages, nous obligeant à agripper fermement nos sièges en suivant le mouvement. Les pompons trembloteront dans un ballet incessant et parkinsonien jusqu'à notre arrivée à *Thessaloniki*, qui est des plus

festive, sur des airs composés et chantés par le célèbre *Prodromos Tsaousakis* ; de vrais petits bijoux musicaux enregistrés en 1969 - bien loin du sempiternel répertoire touristique en toc - que le transistor diffuse à tue-tête dans tout l'habitacle.
C'est d'abord la musique qui m'a donné envie d'aller dans ce pays. Nous sommes servis sur un plateau.

Nous n'avons pas rêvé au volant de la Triumph. Absolument pas. Impossible à 160 km/h au ras du sol et à l'air libre de penser à autre chose qu'au volant, à la route, à la vitesse, à la vie !
Il était bien réel, ce voyage en terre hellénique quelques mois plus tôt. Nous avons véritablement gouté aux criques ensoleillées et à la mer turquoise ; aux ouzos frais bus en compagnie de Grecs bavards et harassés, aux olives noires, aux poulpes grillés pour accompagner nos parties de Tavli sur les quais du port, aux souvlakis achetés à la sauvette dans la rue, aux salades grecques du cru, aux moussakas maison concoctées par des grands-mères en noir, avalées en gourmands dans des auberges perdues sur les monts escarpés des Sporades, ou sur les minuscules îles avoisinantes encore ignorées du tourisme. L'un ou l'autre pêcheur pouvait nous y amener

dans un petit rafiot aux allures de coque de noix, moyennant quelques Drachmes[8]. Nous avons dormi chez l'habitant ; sur ses toits plats ou ses terrasses, sur des plages dorées magnifiques, dans des chambres à louer - tarifées *avec* ou *sans* grand-mère ! Nous avons eu nos plongeons dans l'eau transparente et fraîche, et nos poissons multicolores. Le voyage fut bien réel, enivrant, dépaysant. Instructif et audacieux même. Une fois encore, nous sommes passés entre les gouttes, nous les hippies chanceux issus des trente glorieuses. Le régime des colonels soutenu par les États-Unis dans l'équilibre géopolitique méditerranéen au moment de la guerre froide, est déchu depuis plus de quatre ans. Les Grecs osent encore en parler, mais à demi-mot. Les dictatures laissent toujours des traces. Pendant longtemps. Le bonheur de cette libération que nous découvrons, garde un arrière-goût amer pour de nombreux autochtones, que seul l'ouzo copieusement servi peut atténuer, parfois, tant les cicatrices de certains perdurent...

Mais dans cette autre réalité, qui nous fait voler sur une autoroute française à vitesse grand V trois mois après ce beau voyage en méditerranée, qui nous fait vibrer au ras du sol à 160 km/h avec les cheveux au

[8] Monnaie grecque avant l'Euro.

vent, nous roulons à tombeau ouvert à bord d'un petit engin spatial à la limite de la rupture d'anévrisme !
Je relâche enfin le pied de l'accélérateur et nous retrouvons le plancher des vaches, après ce vol intrépide au ras du macadam. Notre petite fusée est à nouveau blanche comme neige, roulant à une vitesse acceptable et autorisée. Incognito. Son moteur grésille sous le capot, comme un plat que l'on aurait trop cuit.

Elle me regarde et m'embrasse, avec ses lèvres gourmandes, avec sa langue, avec ses yeux, avec ses cuisses, et son pelvis qui s'arcboute contre mon bas-ventre ; ses petits nénés sont collés sur mon torse ; je sens leurs pointes me titiller avec ardeur ; ses longs cheveux m'attirent dans leur filet soyeux ; je suis un pêcheur de perles qui boit goulument l'eau salée de sa bouche.

Sous les arcades du péage, devant le mur de portillons sécurisés, le silence reprend le dessus. Nous sommes l'unique voiture arrêtée devant cette construction extravagante, lieu artificiel dédié uniquement aux véhicules et à l'argent. C'est une arrogante machine à sous, érigée en pleine nature. Symbole du capitalisme en action ; droit de passage pour entrer au paradis des Homos sapiens debout marchant en territoire conquis. On entend des oiseaux chanter alentour ; certainement plus pour noyer le poisson que pour prendre part à la fête mercantile. Dans la Triumph qui refroidit, nous nous bécotons avec fougue. Nous arriverons en ville dans une heure, à vitesse modérée, comme des touristes rescapés d'un voyage extraordinaire, ébouriffés et ventilés de la tête aux pieds.

Puis nous nous allongerons sur le lit défait, en écoutant « *Summertime* » chanté par Janis Joplin, ou bien « C'est extra », sublime chanson de Léo Ferré, qui lui fut inspirée par les Moody Blues lors d'une nuit en voiture. Nous rêverons à un monde sans heurts et sans fin, dans la chaleur de cette après-midi de juillet aux effluves magnétiques. Elle mettra ses jolis œufs au plat sous mon nez, tandis que je balancerai mon jeans pattes d'éph dans un coin, à côté de son mini short encore tiède de sa présence et de nos sandalettes à lanières achetées en Grèce.
Nous vivrons à nouveau au ralenti, le temps de quelques tours de manège bien sentis, débridés et sauvages ; comme sur cette plage déserte et quasi secrète, au sud de l'île de Skópelos, où nous dormions à même le sable, illusionnés, nus et libres, bercés par le clapotis des vagues.
La plage n'était accessible qu'à la nage, en contournant les grands rochers qui la rendaient invisible du port.

La musique nous enivrera, alors que nos corps s’arqueront à l’unisson. Le mitan du lit sera notre rivière d’eau salée, de sève, de sucs et de sueur. Et le poète, avec ses yeux perçants et ses cheveux ébouriffés, nous incendiera par le feu de sa voix.

Et sous le voile à peine clos
Cette touffe de noir jésus
Qui ruisselle dans son berceau
Comme un nageur qu'on n'attend plus
C'est extra, C'est extra, C'est extra,
C'est extra ... ♫ ♫ ♫

Contatcs[9]

Ce sont les beaux souvenirs impérissables de soirées consacrées au tango argentin. Nous sommes en 2012, dans le Lot.
Les journées festives du mois de juillet avec nos potes ont lieu dans une grande maison située sur les hauteurs, en pleine campagne, au-dessus de Prayssac. Nous avons loué ce gite pour quinze jours de vacances ; quinze jours de tango. Après le traditionnel repas du soir concocté avec amour et déraison pour une tablée de dix personnes, nous nous rendons en voiture à la *Milonga* qui a lieu dans la salle des fêtes du village. Chacun entre dans le temple avec sa tenue de combat. La musique a déjà démarré. Je me suis assis sur une chaise en bord de piste, j'ai mis mes chaussures et je te découvre. Tu n'étais pas là, hier. Tu es fine, légèrement dorée par le soleil, de taille moyenne. Toute vêtue de noir, comme moi. Ce noir à la fois sobre et élégant, qui met si bien les visages et les mains en valeur. Tu es assise juste en face, de l'autre côté de la salle. Nos premiers regards sont déterminants. L'impression d'être en présence de « l'âme sœur ».
Harmonie inexplicable.
Complicité immédiate.
C'est pourtant notre première rencontre.

---

[9] À partir d'extraits de l'essai « et si c'était nous », 2011

Nous ne dansons pas tout de suite. Nous peuplons ce délicieux sursis de quelques coups d'œil furtifs échangés en coup de vent. Ils traversent l'espace qui nous sépare tels des rais de lumière pour nous atteindre en plein cœur. La piste est animée par une *tanda* de *milongas* rapides qui s'achève.

À travers le flot des danseurs qui regagnent leurs places, nos regards se précisent, mes yeux se verrouillent dans les tiens, les tiens se fondent dans les miens. Le contact est établi sans plus aucun détour. Je fais un petit signe de la tête auquel tu réponds. Nous nous levons dans la foulée, pour nous lancer enfin, l'un vers l'autre, l'un pour l'autre. Dès la première danse, les tout premiers frissons. Sensation de bien-être, d'entente instinctive.
Nos corps s'épousent dans un *abrazo* que tu reçois pleinement en t'abandonnant contre ma poitrine et très vite notre étreinte devient une reconnaissance, presqu'un aveu, comme un acte d'amour tombé du ciel à la vitesse de la lumière, dans cette salle insouciante de notre émoi et de notre monde intérieur qui est en train d'éclore comme un bouquet de fleurs sauvages. Il n'y a rien à dire. Sentir uniquement. Car tout se situe au niveau des sens. Se laisser porter, se laisser bercer par la vague d'un bandonéon flamboyant

aux accents nostalgiques, rester tous deux perméables aux courants troublants qui nous parcourent, aux parfums mêlés qui nous enivrent. Vivre la magie de l'instant, s'en délecter, s'en imprégner, se tremper avec délice dans cette source sortie de terre à l'orée du désert.
Danser...

Je suis allé danser à Bordeaux, quelques années plus tard, en 2016, pour un week-end. En milieu de soirée, je *te* vois assise sur le côté. Pas très loin de moi, car la salle n'est pas immense. (Quand je dis « tu », je parle en fait d'une femme que je ne connais pas encore, assise parmi d'autres.)
Je peux te discerner dans les détails.
Toi aussi, tu t'attardes sur mon visage.
Après quelques œillades, nous nous lançons pour cette tanda d'Osvaldo Fresedo qui illumine la piste. Elle commence avec *No quiero ver te llorar,* enregistré en 1937. Je suis transporté. Ton abrazo est si chaleureux. Tu es si joliment basanée. Les yeux sombres, de velours. Ta corpulence est juste à ma mesure. Ta marche est sublime. D'une grande stabilité. Fluide et bien ancrée dans le sol, comme une femme Homo sapiens des plus aguerries.
Tu es à l'écoute des moindres détails, confiante, détendue, souple et accueillante. Mes pas dans les tiens, les souffles chauds de nos bouches si proches l'une de l'autre

- parfois trop proches - tes lèvres entrouvertes, ta nuque exquise, tes cheveux de jais, tes yeux mi-clos, ta poitrine contre la mienne. Tout me vient en plein cœur, en plein corps. Nous nous sommes fondus l'un dans l'autre à une vitesse étonnante. Personne n'avait rien demandé à personne et pourtant voilà : tu es « l'âme sœur ».
Rien ne sera plus jamais comme avant entre nous, nous le savons pertinemment, même si aucun mot n'est prononcé dans ce sens, car au tango ce sont avant tout les corps qui parlent...

Après cette tanda de tangos romantiques, notre première séparation, de circonstance. Briser notre voluptueuse étreinte, rompre l'anneau magique, s'en évader peut-être, pour retourner s'asseoir et reprendre son souffle. Une coupure si nécessaire avant d'aller vers une autre compagne de jeu pour continuer à danser - différemment peut-être -, car ce moment sensuel qui nous a si profondément unis est rare et précieux. C'est celui que nous recherchons tous sur la piste, éternellement. C'est pour lui que nous venons dans les bals de tango argentin, portés par nos désirs les plus ardents. Nous nous sommes reconnus dans cette quête, physiquement, tactilement, amoureusement, pour confondre nos deux êtres et voguer sur cette musique d'une nostalgique beauté. Reprendre son souffle donc, avec le cœur et le corps encore pleins de cette charge émotionnelle et pressentir déjà combien notre prochaine étreinte, âme sœur tombée du ciel - tu me manques déjà - sera à nouveau un ferment de sentiments troublants, de mains et de poitrines fusionnées, d'haleines croisées, de jambes et de cuisses effleurées. Nous serons à nouveau bercés par la musique qui nous unira pour un bonheur sans équivoque, je te guiderai dans cette quête et tu me traduiras finement, le tango façonnera ce délicieux parcours dans l'espace avec élégance et sans calcul préalable, sans même nous demander notre avis, mais avec bienveillance, pour d'autres tours d'un manège émouvant, parce qu'au tango c'est aussi d'abord le corps qui décide...

Le lendemain, une milonga démarre dans l'après-midi. Nous allons tous profiter de l'ombre apaisante de la salle, car dehors la chaleur est étouffante. Je me sens encore chargé émotionnellement de la milonga d'hier. Je balaie l'espace de mon regard, à la recherche d'une nouvelle partenaire de danse et je te découvre dans la pénombre. Toi non plus, tu n'étais pas là hier.
Je te reconnais. Nous venons de la même région, me semble-t-il ; nous serons appelés à nous revoir, dans d'autres lieux, chez nous, loin d'ici.

Tu as l'air timide et tu sembles fragile. Assez grande, mais ça, je ne le vois pas tout de suite. Tes chaussures à talons bas ne sont pas celles que l'on porte pour l'occasion. Dans le monde du tango argentin, la chaussure tient une place importante, pour ne pas dire prépondérante. C'est à cela que l'on reconnaît les débutantes : à leurs chaussures. Plus tard, avec l'apprentissage et le rituel, le pied s'affinera, les chaussures prendront de l'éclat, et toute ta silhouette montera un peu plus vers le haut avec élégance et aplomb, te portant audacieusement au-dessus de ces talons légendaires. Oui, comme toutes les autres, un beau jour tu redoreras le blason de tes pieds grâce à des chaussures de princesse, objets de tous nos regards, ceux des hommes, ceux des femmes, et tu y trouveras un nouvel équilibre.

Lorsque tu en seras là, tu seras certainement beaucoup trop grande pour moi. Je deviendrai nain face à ta beauté magnifiée. Tu ne percevras plus de moi que le sommet d'un crâne à moitié dégarni ! Et notre étreinte y perdra peut-être un peu de sel... Erreur monumentale, car avec le temps rien n'a changé. Nous nous sommes revus plusieurs fois. Nos corps continuent à s'accorder malgré nos différences, tes chaussures n'étant plus celles des débuts. Ta silhouette a pris de l'allure, les mois sont passés, les danses et les soirées s'enchaînent à un rythme soutenu. Nos deux corps fusionnent maintenant avec plus de complicité et plus de plaisir. Nous avons trouvé notre juste mesure, toujours plus harmonieuse sur cette partition qui jamais ne s'achève. Pourvu que cela dure.

Une grande danseuse argentine a dit « qu'elle n'avait jamais su s'il y avait vraiment une relation entre le tango et la vie, mais entre le tango et l'amour, sans aucun doute. »

Pour certains et certaines d'entre nous, dans les milongas, cette phrase n'a aucun sens, elle n'est qu'un mythe, voire une prise de tête d'une dramaturgie démesurée ; en tout cas quelque chose d'inaccessible. Pour ceux qui tiennent parfois ce langage, le tango n'a rien à voir avec un acte d'amour et leur étreinte n'en est pas une. À les voir danser, ils semblent plutôt s'observer l'un l'autre - presque avec méfiance - en dehors de tout abrazo significatif. Ils se volent parfois la vedette au cœur de ce système défensif, pour épater la galerie peut-être, ou pour s'épater eux-mêmes, je ne sais pas, comme gesticulant de concert devant un miroir aux alouettes. Et j'en ai rencontré pas mal, des cousus dans cette étoffe-là. Ils semblaient ne pas danser entre humains consentants.

Tango, tu es le reflet parfait de notre capacité à aimer, à partager nos sentiments et nos émotions à travers la musique mais pas seulement (...) Je sens qu'il y a ce don de l'invisible et de l'indicible, ce cœur qui bat pour nos sangs mêlés, qui nous berce et nous émeut comme des enfants dans le sein de leur mère nourricière, au-delà de la musique, au-delà de la danse.

Oui, il y a assurément une relation entre le tango et l'amour, pour citer cette grande danseuse qu'était *Maria Nieves Rego* au milieu du siècle dernier (...)

Je ne sais plus qui a dit « ce qui compte, n'est pas la part de tango dans notre vie, mais la part de vie dans notre tango ». Voilà une belle mise au point.
Elle nous rappelle que toute construction humaine ne vaut vraiment que par ses facultés à nous émouvoir, à nous grandir et à nous unir. Or, un monde fait d'images enjôleuses et de représentations futiles ou égocentriques, ne serait qu'un monde à vendre...

C'est comme dans le thriller « Délivrance » de John Boorman, sorti en 1972 : chaque fois que nous croisons ce couple en kayac, nous chantonnons la symbolique musique du film, en imitant le son de la guitare et du banjo qui se répondent, et en roulant les yeux avec des airs ahuris...
Pourtant, nous ne sommes pas aux USA, entre la Caroline du Nord et la Géorgie, sur la rivière *Cahulawasseea*, qui va bientôt inonder la vallée après l'ouverture du barrage. Aucun paysan consanguin aux environs, bousculé dans sa vie et dans ses habitudes ; pas de cul-terreux embusqué sur la crête, prêt à en finir avec l'envahisseur en nous plombant à coups de chevrotine ; et pas d'arc ni de flèches dans nos canoës, pour nous protéger de ces paysans retranchés à moitié gogols. Nos bardas de vacanciers en mal de sensations fortes, de nature et de liberté, ne contiennent que le strict nécessaire ; car nous naviguons sur une rivière bien moins dangereuse. Nous sommes des Indiens pacifiés, heureux et bienveillants. Or, le souvenir du film flotte à la surface de ces eaux qui en deviennent hypocrites, tant sa musique résonne au fond des tortueux remous.

Je me remémore la scène d'ouverture de ce thriller cauchemardesque. La guitare et le banjo s'unissent pour un moment musical

étonnant qui traduit un message d'entente entre Homo sapiens. Cette partie de ping-pong musical met en scène un fermier souffrant de troubles autistiques visiblement sévères et un homme d'affaires en vacances. Ils tentent avec brio l'unification de deux mondes que tout oppose. Interprété par Éric Weissberg au banjo et Steve Mandell à la guitare, c'est un *Bluegrass* de derrière les fagots. Dans les salles obscures, peu importe les goûts musicaux de chacun ; peu importe si cette musique de bouseux vous transporte ou pas : c'est un instant suspendu, filmé avec un sombre réalisme qui dépeint l'Amérique profonde au cœur des années Nixon ; on sent bien le malaise de ces quatre citadins férus de canoë, venus pour descendre la rivière une dernière fois, face aux paysans du cru, rustiques et pauvres, tous contraints à déloger. J'ai joué ce morceau à la guitare dans les années 80, puis dans un groupe où je jouais du violon.
Le film et sa musique sont restés ancrés dans ma mémoire comme dans celle de toute une génération. Les péripéties de ces canoéistes pris au piège d'une mortelle randonnée sont entrées dans les annales du cinéma... *tin-din-din-din-din ...* ♫

Mais ici, nous vivons en paix : tous les six à poil ; brunis par le soleil ; libres comme l'air. Pareil qu'en Grèce, au sud de l'île de

Skópelos. Mon enfance n'est pas loin, avec *Rintintin* qui s'invite dans l'aventure, ma panoplie de cow-boy, mon vrai jean arrivé tout droit d'Amérique, envoyé par ma marraine de Buenos Aires pour mes six ans. Car si la rivière et la nature qui nous entourent me renvoient avec humour aux frissons d'un thriller notoire, elles font aussi renaître des souvenirs du gamin que j'ai été, jouant à l'apprenti sorcier, aux cow-boys et aux Indiens, ou aux pirates découvrant des trésors. J'éprouvais alors mes premières sensations amoureuses, avec des baisers de cinéma échangés entre les caramels à un centime ou les bâtons de réglisse, derrière les buissons et dans les caves de la cité *Bildtoeckel* à Haguenau, le long de la route de *Drachenbronn*...

Aujourd'hui, nous avons à peu près 26 ans. Moi : Tarzan, elle : Jane. Et pour le couple qui nous accompagne, c'est pareil : elle : Jane, lui : Tarzan. La Dordogne nous porte puissamment. Nos canoës glissent sur une patinoire. Ce bout de rivière est aussi calme qu'un lac de montagne. Le kayac effilé de nos deux amis belges arrive par surprise et nous dépasse sans bruit. Ils filent sur l'eau claire avec des rictus bien affichés sur leurs visages de farceurs, chantonnant entre les dents et avec malice le truculent *tin-din-din-din-din* ♫

Avec les Belges, nous nous sommes croisés quatre à cinq fois depuis le départ et nous sommes devenus potes au fil de l'eau. Nous voilà maintenant à six dans l'éprouvette de ce laboratoire naturel.
Nous avons encore quitté la civilisation, le temps d'une semaine de vadrouille.
Cette nouvelle quête d'aventures réclame elle aussi un maximum d'authenticité.
Sans aventures truculentes, la vie mériterait-elle d'être vécue ? Non, ce n'est pas le sujet du baccalauréat : nous avons le pouvoir de tout remettre en question, de nous glisser dans une autre peau, au moins pendant sept jours ! Une peau encore plus sauvage que celle que nous portons en ville, où notre mode de vie est déjà très alternatif. Serait-ce bêtement une quête de pureté plus animale, dans laquelle nous nous ressourçons, afin de retrouver une sauvagerie plus à même de nous libérer des normes sociales ? Quoi qu'il en soit, nous ne ressentons pas cette animalité comme une force visant à surmonter notre condition de primates socialisés, ni comme une bestialité plus saine : c'est un moyen de refusionner enfin avec tout le reste des vivants, bêtes et plantes confondues.

Depuis mes 18 ans, sur la route du Ballon, rien n'a changé. Nous ne sommes pas *dans* la nature ; nous *sommes* la nature, avec tout ce qui nous entoure et avec tout

ce qui y vit. Indissociables. Fusionnels.
Ce soir, nous irons bivouaquer dans une grotte encaissée au pied d'un escarpement rocheux très abrupt et inaccessible à pied. Nous serons pénards dans cet endroit de rêve bordé d'une plage de sable fin. Avec un bon feu et de la chair fraîche à faire griller, nous serons transportés à l'époque de l'homme de Cro-Magnon périgourdin, avec en prime, deux bouteilles de Bergerac et du fromage de chèvre, achetés dans un village bâti au bord de la rivière.

Depuis que nous avons abandonné notre voiture au monde civilisé à Groléjac, en plein Périgord Noir, la Dordogne nous a dévoilé de multiples facettes, dont certains passages dangereux, au point de préférer parfois les franchir à pied. Ça doit être drôle de voir une bande d'Homo sapiens debout qui marche sur des œufs en longeant la rivière en file indienne, avec des canoës sous le bras. C'est marcher sur la Terre comme le feraient Laurel et Hardi et Buster Keaton réunis, pour une pub sur la sécurité fluviale ! Or, beaucoup de gens se sont noyés dans ces endroits traîtres où les eaux tumultueuses peuvent vous aspirer jusqu'au fond, vous retenant prisonniers entre des branches tortueuses ou des souches immergées, ou vous piéger dans de curieux mécanismes sous-marins abandonnés là par les anciens éclusiers et noyés dans la masse boueuse depuis belle lurette. Un de nos canoës s'est retourné une fois. Plouf, glou, glou ! Il a fallu faire sécher toutes nos affaires au-dessus d'un feu pendant des heures.

Sur les drossages, passages rapides de grands virages où l'eau devient un tobogan qui glisse sur la roche, nous exécutons une série d'acrobaties hasardeuses. Nous sommes des débutants et le choix de prendre ce bras plutôt que l'autre s'est décidé à la va-vite, sans aucune connaissance.

Trop tard : l'eau nous entraîne, elle nous aspire, nous prend dans ses filets ; nous sommes envoûtés par le chant des sirènes nageant en profondeur. Pour nous rassurer, nous suivons un canoë devant nous. Pendant cette descente vertigineuse, je me fais piquer par une énorme araignée, sur mes parties intimes ! alors que nous sommes occupés à pagayer comme des malades pour maintenir la flottaison, regardant impuissants la bestiole profiter de mon corps affairé pour y planter ses crocs. Elle finit par se prendre un coup de pagaie dans les dents, Paf ! au sortir de ces nombreux virages dangereux et éprouvants.
La pauvre. Pourquoi tant de haine.
Notre audace nous est reprochée vivement par les deux types qui naviguaient devant nous avec des tenues de combat fluos,

plastifiées, du matériel d'orientation, des palmes, des casques et des gilets de sauvetage genre bonhomme Michelin : vous l'avez échappé belle ! nous lancent-ils avec des mines défaites.

Aujourd'hui, balade en forêt sur les bords de la rivière. Nous accostons pour marcher dans les bois qui bordent le fleuve, toujours nus comme des vers, afin de dégourdir nos jambes, nous aérer de haut en bas, et ressentir à nouveau notre poids sur la Terre en nous délestant de la civilisation et de ses fichues contraintes. Nous profitons pleinement d'un soleil généreux, à l'instar de nos ancêtres Cro-Magnon du Périgord marchant en pleine nature.
Le couple que nous croisons baisse les yeux et poursuit sa promenade sans émettre le moindre son. Muets comme des tombes. Peut-être avons-nous affaire à deux spécimens de morts-vivants égarés en plein bois ? Viennent-ils de croiser une horde de sauvages féroces et hirsutes ?
La petite dame mettra certainement du temps à s'en remettre : elle avait l'air d'une sainte. L'homme au chapeau, raide comme un colonel, rêve sans doute de remettre un peu d'ordre au sein de cette jeunesse permissive. La ressemblance ne se remarque jamais, mon bon monsieur. Seule la différence choque, tout le monde sait ça.
Il reste stoïque en matant les miches de la

Belge, comme si de rien n'était. Elle ne fait pourtant rien de spécial. Elle marche sur la Terre en femelle Cro-Magnon très respectable. Elle finit par rouler des mécaniques pour le débusquer dans sa traitrise et déjouer son art de l'esquive, tandis que sa sainte femme lui file des coups de coude en rentrant la tête, telle une tortue face au danger imminent.

C'est au niveau de la presqu'île que ça se corse, aujourd'hui. Nous naviguons courageusement et accostons sur un banc de sable émergé en face d'un camping, entre deux bras d'eau puissants et profonds : l'eau monte jusqu'au niveau du torse, si l'on s'y trempe debout, et si l'on s'y maintient, étant donné la force du courant.

Un gamin est bloqué là, Robinson des mauvais jours, sorti du rang par maladresse ou par besoin de liberté. Ceux du camping, tétanisés comme une bande de poules mouillées, nous appellent à la rescousse. Voilà une journée héroïque pour cette jeunesse débridée qui ne manque jamais à l'appel face à la détresse humaine. Ma compagne et moi nous lançons dans cette opération de sauvetage, tout nus que nous sommes, sous les yeux des vacanciers médusés qui se bousculent au portillon pour profiter du spectacle. Ils se sont groupés sur la rive, emballés quant à eux

dans des shorts exotiques et des marcels ultras larges à l'effigie de sodas ou de footballeurs, et coiffés de chapeaux de paille d'Italie bien français ou de typiques casquettes américaines avec longues visières très étroites ; épousant leurs fronts, donc. Ces sportifs de haut niveau, - qui sont un pic éblouissant sur la courbe de l'évolution des espèces imaginée par Darwin -, sont venus passer tranquillement des vacances en famille, là où le pastis coule à flots à l'heure du « sacrosaint-apéro-à-tournées-multiples », au cœur d'une nature paradisiaque, comme nous, entre amis.
Chacun est libre de faire ce qu'il veut, à l'écart du monde civilisé.
Les gamins n'ont qu'à se tenir.

Le petit rebelle hésite à nous suivre.
Difficile de savoir si c'est à cause du torse éclatant de ma compagne, de sa touffe de noir, Jésus ! exposée au grand air, ou de mon bâton de berger rabougri par l'eau froide, qui n'a visiblement plus rien du bâton de dynamite. Une fois nos deux corps plantés dans l'eau bien au-dessus de la ceinture, il se lance enfin en tenant très fermement nos mains, de chaque côté de sa frêle carcasse d'adolescent.
L'Homo sapiens en herbe rêvant de marcher sur la Terre en toute indépendance, abandonne son rêve de jeune maquisard sous le regard averti de ses parents. La

traversée commence, l'eau est puissante, le sol incertain sous nos pieds nus. Il faut maîtriser l'ensemble, se tenir les coudes, avancer doucement pour fendre l'eau sans rompre la chaîne. En face, les pionniers de l'évolution hors norme nous encouragent en retenant leur souffle. L'heure est grave, messieurs-dames ! Admirez nos jambes qui fendent ces flots comme des saumons en pleine ascension vitale, tandis que le fauteur de troubles s'accroche tout ce qu'il peut à ses Saint-Bernards du dimanche, sans gilets, sans bouées et sans maillots ! À l'arrivée, nous balançons cet ado blanchi sur l'autre rive comme un paquet mal fagoté. Et hop ! Il est récupéré vite fait par de gros bras qui en connaissent un bout en matière de paquetage. Toute la populace applaudit copieusement, clap, clap !

C'est au fait de cette jolie gloriole, que ma compagne dérape. Son corps nu glisse subitement dans la rivière tel un poisson en roue libre !
Je lui crie « pieds devant, pieds devant ! », formule tirée de je ne sais quel bréviaire, moi qui n'ai jamais été ni scout, ni militaire, ni pompier, ni quoi que ce soit du genre. Sans doute les restes d'un film où le héros s'y connaît mieux que personne.
Il faut protéger sa tête, partie vitale de son anatomie. Pourtant, le reste n'est pas mal non plus. Nous la récupérons plus loin en parfait état, grâce à nos canoës qui filent

comme des anguilles sur les flots impérieux. Les campeurs sont déjà passés à autre chose. Sauf le chérubin et sa mère, qui nous adressent leurs louanges avec des coucous répétés. Le rescapé dormira bien ce soir, tout en pensant que les écarts de conduite forgent le caractère des gens libres, peut-être. Ou bien il lui en cuira, et cette mésaventure le remettra au pas, bien comme il faut.

Un autre enfant s'est réveillé en moi, car il s'agit de seconder le pauvre rescapé dans cette épreuve du feu. Une foule de souvenirs me reviennent alors en mémoire et la nostalgie s'installe. Mais pas de celle dont on fait les mélos. Une nostalgie heureuse, bucolique, pleine de vie ! L'Homo songicus que je suis, s'allonge une fois encore sur la Terre, le nez dans les étoiles, pour sentir le poids de la gravité et la légèreté de l'aspiration verticale.

Concours

Debout à 8 heures, pour les flémards. D'autres se sont levés bien avant. C'est pourtant les vacances : nous avons brûlé nos cahiers avec la maitresse au milieu ! Or, ce matin, comme chaque matin, c'est la course. Le concours de tricotin[10] est lancé depuis quelques jours et chacun espère terminer vainqueur.

Il fait beau, le soleil brille. C'est l'été ! On a droit à des nuits constellées ; aux pluies d'étoiles filantes qui crament dans le ciel pour exaucer nos vœux ; à des journées entières pour jouer dehors. Et sur le petit écran en noir et blanc, Sheila chante l'école est finie, debout sur le bureau de la salle de classe, avec ses couettes et sa jupe écossaise, sous une pluie de paperasse qui vole dans l'espace avec bonne humeur : qu'à cela ne tienne !

Donne-moi ta main et prends la mienne (...)
L'école est finie, mais oui, mais oui... ♫♫♩

Pourquoi n'ai-je pas le sentiment d'un regret pour cette époque, mais celui d'une nostalgie heureuse qui m'envahit chaque fois ? Mes sentiments et mes souvenirs ne me renvoient jamais à une tristesse, à une mélancolie, ou à des désirs insatisfaits. À croire que mes désirs ont été satisfaits.

---

[10] Cylindre creux, pour tricoter des tubes de laine.

L'enfant ressurgit dans ma mémoire avec ses billes en poche, son vélo bleu à gros pneus blancs et son costume d'Indien avec dents d'ours autour du cou. Je suis heureux d'avoir vécu ce j'ai vécu. Ce sont les souvenirs d'une enfance enchantée.
Qu'en est-il pour ceux dont l'enfance s'est pris les pieds dans le plat ? Comment ont-ils marché sur la Terre ? Comment ont-ils gardé l'équilibre et l'aplomb ? Leur nostalgie peut-elle être heureuse ? Leur nature évoluée d'Homo sapiens est-elle intacte ?
Sont-ils devenus des monstres carnassiers égarés dans la tourmente ? Des êtres fortement blessés par l'injustice ?
Qui est là pour les entendre, les défendre ?
Si chaque personne a son importance sur la Terre, comment une civilisation évoluée peut-elle se permettre d'en évincer certains ? de faire fi des oppresseurs ; d'accabler les oppressés ?
Autre question à deux balles.

« La frontière est tellement étroite entre le bourreau et la victime, ou entre la peur et la haine, si vous préférez[11] »

À vue de nez je dirais deux cents mètres.
C'est la longueur de l'immeuble où nous habitons, à l'extérieur de la petite ville où sont parqués les « Français de l'intérieur ».

---

[11] *Bid Bang*, théâtre, 2012

Cette cité militaire de quelques blocs a été bâtie juste après le cimetière, à la lisière de la ville. C'est une pièce rapportée, cousue par l'État sur des terres en friche. Autour de nous, le camp retranché des villageois bilingues, leurs maisons avec clôtures garnies de groseilles à maquereau ou de framboisiers, leurs chiens bergers allemands annoncés férocement pour les indiscrets : *« Achtung, bissiger Hund !* [12]»

J'ai six ans et j'ai une longueur d'avance avec mon tricotin. Les filles n'en reviennent pas. Surtout Nadine, mon amoureuse, qui est admirative, mais qui ne lâche pas le morceau pour autant. Le féminisme de la fin des sixties a-t-il pris racine en elle, malgré son très jeune âge ? L'autre jour, on a pissé debout dans la pente du garage, comme des Homo erectus dominants, avec d'autres prétendants au titre. Et elle a gagné avec sa fente. Pschitt ! Un jet de pro, sans bavure. Je n'en menais pas large avec ma zigounette battue à plate couture. Quant aux trois autres, ils ont remballé leur mini robinetterie vite fait. Féminisme en herbe oblige…

Nous avons six sept ans et la liberté nous emporte tous vers des horizons lointains, pleins d'espoir. Elle est blonde, jolie et bien faite ; en tout cas, à mon goût. Elle vient du fin fond de la Bretagne et fait partie de

---

[12] « Attention, chien méchant », en alsacien.

la tribu des Le : Le Naour-Le Goff-Le Meur, dont les papas ont été mutés dans l'Est par l'armée de l'air. Ce ne sont pas « Les trois Le » ayant œuvré pour les jardins et la décoration du château de Versailles, mais ce sont des pilotes de mirages quand même, pour la plupart, tous taillés dans l'étoffe des héros. Excusez du peu dans mes relations. Alors quand tous les militaires sortent du car qui les ramènent chaque jour de la base, les gamins les attendent sur la route devant l'immeuble, avec plus ou moins de fierté, selon leurs grades, leurs uniformes et leur prestance. La Lutte des classes pointe déjà son nez...

J'ai appris à faire du tricotin, du scoubidou et un peu de hula hoop. Ma sœur ainée est balaise en la matière : elle m'a dévoilé quelques astuces de nana.
Mais mon vrai truc, c'est les patins à roulettes. Je viens d'en recevoir une paire à Noël. Des beaux, dernière génération, avec roues en caoutchouc, roulements à billes. Bien plus silencieux et plus modernes.
La classe, comme on dit aujourd'hui.
Sur la route qui mène au p'tit bois derrière l'immeuble, là où ma mère m'envoie parfois pour cueillir de la ciboulette, la chaussée vient d'être refaite. Un macadam lisse et parfait. Posé par de vrais professionnels qui ne sont pas en CDD, une fois à la plonge, une fois à la livraison, une fois au

nettoyage. Des types bronzés comme des maçons italiens, qui vous tiennent la dragée haute en matière de bitume et qui chantent en travaillant. On se régale sur cette piste de compétition. À croire que ces ouvriers patinent eux aussi dans leurs têtes, tant ils se sont appliqués à la tâche. Ce sont des pères de famille. Ils ont dû penser à nous, les gamins du quartier, qui passons un temps fou à nous dandiner comme des ballerines, avec de gros sparadraps aux genoux et le bruit sympathique du roulis sous nos pieds. Rrrr, rrrr...

Je ne sais pas combien de pelotes de laine il va me falloir pour arriver jusqu'au bout de l'immeuble. Ma mère m'approvisionne avec les restes du dernier pull-over qu'elle vient d'achever pour mon frère.
Tricotage de mère en fils, donc.
D'habitude, le tricotin, c'est plutôt pour les filles, non ? Il suffit de voir mes concurrentes, avec leurs tresses et leurs culottes à l'air. De véritables filles en pleine croissance, aucun doute. Je suis le seul garçon. Est-ce déjà là mon côté Homo artisticus - voire plus féminin - qui s'impose ? En tout cas, je préfère jouer sur ma cithare métallique plutôt que jouer au foot, aux voitures ou aux petits soldats. Il suffit de glisser « les partitions » sous les cordes. Ce sont des feuilles avec des ronds noirs, on suit le schéma et la mélodie résonne. Il faut juste

exécuter le rythme en pinçant les cordes. Et avoir un peu d'oreille. Je joue aussi de l'harmonica. Toujours les trucs de cowboys. Et j'ai de l'oreille. Je me demande bien pourquoi. Le foot a fini par s'immiscer plus tard, vers onze ans, lorsque le corps éprouvait ce besoin de libérer encore plus d'énergie, de se muscler, de faire des performances, de s'épater entre potes, et surtout parce que les matchs envahissaient les écrans de télévision. Ne pas s'y plier au moins un peu eût été se mettre en marge. Ce que je finis par faire à douze ans, en me lançant plus sérieusement dans la musique avec ma guitare avec les incontournables : *le pénitencier* et *jeux interdits*. C'est plus dans mes cordes et c'est « in ». Et puis plus tard, Dylan, Joan Baez - celle qu'on appelait la reine du Folk et la Madone des pauvres gens ; Pete Seeger, l'activiste de gauche ; Woody Guthrie, Cohen, Brassens, Maxime Le Forestier, Dick Annegarn, Baden Powell...
Puis la guitare classique avec les grands compositeurs comme Bach, Villa-Lobos, Brouwer, Albéniz et tant d'autres. Et aussi mes premières compositions, déjà...

Hier, avec Nadine, la Bretonne, celle qui a 7 ans et demi, car il y en a plusieurs, c'est un prénom à la mode (Nadine Trintignant peut-être), nous avons largué en beauté les six autres concurrentes. Nous sommes

maintenant dans le tout dernier quart de l'immeuble, celui de *la tribu des Le*, et j'entretiens mes quelques mètres d'avance sur elle avec une petite fierté.
Je ralentis parfois, avec une courtoisie de bon aloi, mais sans vendre la mèche : ça briserait notre alliance ; l'authenticité de nos bécots de cinéma perdrait de sa saveur et notre amour partirait en vrille.
Il ne faut jamais laisser l'amour partir en vrille. Jamais. Même à sept ans.
Ne surtout pas écouter les adultes qui vous disent : ce ne sont *que* des amours de gosses ! L'amour n'a pas d'âge, ni de genre, ni de maître, ni de frontières ; il peut être fort et authentique à toutes les étapes de la vie, sa valeur n'attend pas le nombre des années ! Que de lieux communs pour glorifier le sentiment le plus important dans l'existence. Le plus indispensable. Le plus irrationnel et le plus gratuit. Le plus galvaudé aussi. Le plus humain, devrait-on dire, si l'on s'acharnait à vouloir se placer au-dessus du reste des autres vivants ; comme si eux n'y avaient pas droit.

Rien n'atteste, au cours de notre histoire, que l'amour ait poussé les Homo sapiens à devenir plus intelligents. Ni qu'il ait participé à leur survie. Quant à la reproduction de l'espèce, personne n'ignore que la pulsion sexuelle se passe fort bien du cœur.

Par contre, ce que l'on sait aussi pertinemment, c'est qu'en ce qui concerne notre avenir, l'amour ne suffira pas. Il y a déjà beaucoup trop de casse. Si l'amour n'est pas juste un truc de hippie ou un privilège de chrétien, il n'est pas non plus le garant de la régénérescence planétaire.

Nadine excelle dans la course à pied et surtout dans le sprint. Lorsque nous participons à nos jeux olympiques avec les gamins d'en face, ceux des maisons pure-souche, afin d'éprouver pacifiquement nos différences, elle mène le jeu haut la main. Elle fend l'air comme une dératée avec ses petites jambes fuselées. Personne n'arrive à suivre. Et elle est sur la sellette bien souvent, car ceux d'en face sont mauvais joueurs. Surtout les garçons du cru déjà machistes et très limités dans leurs visions sociétales ; honteusement détrônés sur leur propre terrain par une fille, qui plus est Française de l'intérieur. Oh yeuh !
Aux billes, j'ai appris à parler phonétiquement. Ce sont d'étonnantes formules du terroir comme : *letcht, putzt, nix alles...* (dernier coup, nettoyage, rien ne va plus.)
Mais on leur tient la dragée haute ; équipe soudée ; couple de stars.
Parigots, têtes de veaux ?
Alsaciens, têtes de chiens !
Ces Jeux olympiques sont devenus une tradition chaque été. Tous les gamins du

quartier y participent. Ça s'échelonne de cinq à quinze ans. Les plus grands chapeautent toute l'organisation et valident les épreuves. Mes deux frères sont de la partie, comme des animateurs de colo aguerris et leur âge fait force de loi. Ils sont aussi là pour les bobos. Dès le premier jour, j'ai droit à un rapatriement d'urgence, véhiculé dans une brouette, après avoir été piqué par une guêpe !
Ce n'est pas l'incident le plus grave ; c'est le deuxième jour que je frôle le véritable drame : je tombe - tête la première - dans une tranchée du chantier qui est situé au bout de l'immeuble. J'aurais dû me casser le cou, tout net : terminé, tout le monde descend ! à sept ans à peine.

Je ne sais pas qui il faut remercier. La vie ne tient qu'à un fil. Je ressors plutôt sonné de cette épreuve, conscient de ce qui aurait dû m'arriver. Certains sont épargnés et d'autres trinquent. Allez savoir pourquoi. Mettez le doigt de Dieu dans tout ça, et c'est le chaos. Les Écritures saintes sont très malignes : elles ont prévu tous les cas de figure en cas d'illogisme barbare ou d'injustice avérée. Inutile d'y chercher une logique, une science ou un raisonnement sensé, on s'y casserait les dents.
La croyance reste la croyance.
Elle a raison de tout.
Aveuglément. Obstinément.

Ce chantier, c'est notre île au trésor.
Nous y fouinons, nous y creusons, nous le visitons en bande. Nous sommes des boucaniers à la recherche de pierres précieuses lorsque les ouvriers ne sont pas là. Les débris de verre trouvés ici et là, nous les concassons encore plus fin, pour en faire des diamants imaginaires : capitalisme et lois du marché sont déjà en place. Les plus gros morceaux, nous les gardons entiers en guise de loupes, pour tenter de faire du feu avec les rayons du soleil.

J'y arrive, sur le bord du chemin qui mène à l'école, comme un vrai petit Cro-Magnon en quête de chaleur dans sa grotte sans chauffage. Le feu prend d'un coup ; impossible de l'éteindre malgré nos piétinements dans nos sandales ouvertes et plastifiées - celles pour la piscine ! Les flammes passent la clôture ; elles se propagent dans le champ de l'autre côté du grillage, enflamment une tente – vide heureusement.
Impossible de maîtriser sa progression, car les flammes deviennent inaccessibles. Paniqués, nous sonnons aux portes des maisons voisines. Aucune réponse. Ces Homos sapiens assis ne se déplacent plus, à leur âge. Ils font la sieste. Tant de petits morveux sonnent tous les jours pour les emmerder et repartent en courant. Ils sont résignés, muets et immobiles. Ils ont déjà eu leurs guerres. Ce n'est pas avec eux que

nous tenterons de faire la révolution plus tard, en lançant nos pavés dans la mare aux apparences si tranquilles.
Impuissant, je rentre à la maison.
Ma mère fait aussi la sieste.
Qu'est-ce que tu fais là, Marco ? Il fait beau aujourd'hui.
Moi aussi, j'ai envie de faire la sieste.
Elle ne pose plus de questions et sourit.
Elle n'en pense certainement pas moins en me voyant rentrer bien avant l'heure.
Planqués sous la couverture, mes pieds me lancent, ils ont déjà de belles ampoules, mais je ne moufte pas.
Je n'arrête pas de penser au feu qui peut-être se propage, là-bas...

Le lendemain, lorsque nous faisons le tour du quartier, assis sur la charrette tirée par le tracteur du paysan qui vend ses pommes de terre, nous jetons quelques coups d'œil discrets vers le champ. L'herbe est carbonisée. J'apprends plus tard qu'un voisin a sorti son tuyau d'arrosage pour limiter les dégâts. Nous nous regardons, Nadine, les trois autres et moi, sans piper, avec notre secret dans le fond des yeux, comme les incendiaires rescapés d'une aventure qui aurait pu tourner mal. Ma mère voit mes pieds, pendant le bain. Elle semble comprendre, mais aucune réprimande. Elle est surement au courant. Du haut de mes sept ans, je suis convaincu

d'avoir allumé un très grand feu ; que tout le monde est à mes trousses, gendarmes en tête. Avec le recul, je sais qu'il n'était pas conséquent ; une vingtaine de mètres carrés, peut-être. Mais quand on est gamin, on voit les choses en grand. Comment faire autrement ? Tout nous dépasse. Les adultes nous appellent les petits. Et le petit Homo sapiens que je suis à sept ans, avec sa taille minuscule dans l'immensité de la société, du monde et de l'univers, perçoit son environnement de manière surdimensionnée. Je le constate en revenant ici des décennies plus tard ; je vois à quel point tout est bien plus petit que dans mes visions d'alors : les rues, le quartier, l'immeuble, le champ, la piste de patins à roulettes, les pelouses pour jouer.
C'est un petit univers pour des petits humains dans l'immensité et la grandeur du monde adulte.

Je me suis souvenu de l'expérience faite au salon de l'enfance : ils avaient fabriqué du mobilier en tenant compte du rapport taille enfant et taille adulte. Pour de jeunes enfants pas plus haut que trois pommes, une chaise est immense. Alors ils ont fabriqué pour les adultes des chaises proportionnellement immenses. Ces adultes ont pris conscience des difficultés quotidiennes des enfants face à la grandeur des objets qui les entouraient. Et on a fait vivre à ces adultes la journée d'un enfant face à ce mobilier de très grande taille : monter sur une chaise ou une table, ouvrir une porte, descendre un escalier glissant en chaussettes pour aller aux toilettes avec un besoin plus qu'urgent, etc. Même les sportifs de haut niveau restaient sur le carreau durant cette journée en enfer.

La Terre est immense sous nos pieds ; elle pèse son poids dans l'univers. Mais nous marchons sur une tête d'épingle perdue dans l'espace ; les Homo sapiens que nous sommes ne sont que de minuscules poussières d'étoiles avec de tout petits cerveaux, beaucoup plus petits qu'on ne croit. Et avec de grandes dents ; un gros appétit ; et des illusions à la pelle.

Voilà, je suis arrivé le premier. Yep !
Je suis le roi du tricotin ! et la gent féminine en herbe célèbre ma victoire avec des petits bisous sonores et baveux. Pour fêter ça, nous prenons le goûter chez l'une des mamans bretonnes comme nous le faisons souvent : les gamins passent d'une famille à l'autre, sans prévenir, dans la grande communauté qui nous unit pour le meilleur, mais aussi pour le pire : genre crash de mirage, par exemple. Bang !
Ce soir, ce sera la chasse aux hannetons, et demain, la course aux lézards ou la chasse aux grillons que nous aguicherons

au fond de leurs trous avec nos brindilles. Chacun fabriquera ensuite sa petite cage, avec un bouchon de liège et des aiguilles. Et le grillon pendouillera autour de notre cou en faisant cri-cri.

Et puis nous lancerons des messages avec nos téléphones en pot de yaourt, dont les fils tendus nous relient aux petits immeubles d'en face, peuplés par les familles de l'armée de terre, de l'autre côté des jardins familiaux qui nous séparent et qui pointent aussi nos différences de classe.
«Allo, allo, ici Alpha Metro... Affirmatif, Beta Whisky.» Des gosses de militaires, quoi.
Certains ne sortiront pas de ce guêpier.

Je suis resté là quelques années. Presque jusqu'à l'âge des boutons d'acné et des pantalons longs. Le père de Nadine ayant été muté à la base de Mont-de-Marsan avec toute sa tribu, j'ai noyé mon chagrin dans les diabolos menthe et je suis tombé follement amoureux d'une autre demoiselle, dans le quartier chic établi plus loin, peuplé de médecins et de notaires.
Une superbe brune aux cheveux de pluie, copine d'une de mes sœurs ainées, 14 ou 15 ans, sosie de Françoise Hardy.

Je n'ai jamais osé l'aborder.
Elle ne saura jamais rien de ce béguin et restera un fantasme pendant longtemps.

Puis nous déménageons pour aller vers une ville située plus au sud de la région, une ville avec des trolleys bus, des cinémas, un passé industriel et de la grisaille.

J'ai l'impression d'y découvrir le monde civilisé, la modernité. Il va falloir que j'intègre ma nouvelle école, en plein trimestre. Avec ce curieux instituteur, le système est perverti. Il a visiblement des comptes à régler. Dans sa classe, la délation entre élèves et les sévices corporels qu'il nous inflige en représailles, m'ouvre les yeux sur une société plus atrabilaire, où le conflit franco-allemand plane encore comme une ombre, presque vingt ans après, avec ses revanchards et ses déracinés, sur plusieurs générations.
Il y a toujours les Alsaciens bilingues bien sûr, mais aussi les Italiens, les Portugais, les Espagnols, j'en passe... Dans la cour de récréation, ça se castagne et ça s'insulte dans toutes les langues à propos des noms de famille, des faciès, des professions des pères. Quelquefois, ce dégénère à coups de canif. La lutte des classes continue...
Je n'en mène pas large, moi, le gentil, avec mes idées pacifistes et ma bienveillance.
Je laisse ma petite enfance heureuse et bucolique derrière moi.
Nadine M. et Françoise Hardy s'évaporent doucement. Comme des ronds dans l'eau.

Tout ce qu'on a, on finit par le perdre.
Son père, sa mère, sa jeunesse.
Sa santé, parfois. Ses illusions, souvent.
Le sablier se vide, inévitablement.
Jusqu'au dernier grain.
J'ai brûlé ma vie par les deux bouts.
J'ai réalisé des rêves, assez nombreux.
J'ai nourri des désirs, même inavouables.
À présent, il me reste à peu près vingt ans à vivre, selon les statistiques officielles, et si la chance reste à mes côtés.
Vingt ans à vivre. Ou à survivre.
À compter les minutes qui filent, comme le chantait Jonasz, dans les années quatre-vingts. Ou vingt ans à savourer chaque instant, chaque minute ; l'ultime tour de manège, comme un cadeau des dieux.
Vingt ans. Ça en fait des minutes.
En gros… 10 512 000, si on fait le calcul.
Pas tant que ça, finalement.
Depuis que j'ai commencé l'écriture de ce récit qui n'intéressera peut-être pas grand monde, il ne m'en reste plus que dix-neuf.

Ces pensées me traversent l'esprit, alors que je suis installé dans ce fauteuil armé d'une sonnette d'alarme, avec une perfusion qui diffuse dans mes veines le produit miracle qui devrait m'aider à passer cette vingtaine d'années à peu près confortablement. Trois heures en pleine lumière. Bien

loin du noir de chine de la route de montagne encore tiède, de son plafond étoilé à réalité multiple, et des visions fantastiques partagées avec une complice. Trois heures, ce n'est pas cher payé, au regard d'une guérison potentielle, voire définitive.
Trois heures à chaque fois.
À attendre que le fluide se répande en moi.
Goutte-à-goutte, terminal, peut-être.

Un livre ou un téléphone portable.
Voilà ce qu'il faut pour tromper le temps ; pour détourner mon regard de l'horloge murale qui égrène les minutes comme les perles d'un chapelet, juste sous mon nez.
Ou la télévision.
L'infirmière nous la propose, gentiment.
Ce ne colle pas avec l'ambiance du lieu.
Je ne suis pas le seul à refuser ce rectangle de plastique noir accroché au mur comme dans une chambre d'hôtel ; posé là pour tenter de nous distraire de notre condition végétative ; nous faire oublier cette réalité.
Ma voisine de fauteuil a refusé, elle aussi.
Serions-nous du même bord ? seuls dans la pièce, assis côte à côte, positivement, à l'instar d'amis intimement liés, comme sur le récurrent ruban de bitume de mes dix-huit ans, au cœur de la nuit ?
Non, ici, nous sommes en pleine lumière, et nous sommes des Homo sapiens rigoureusement assis, sans ciel étoilé.

Pourtant, cet espace très silencieux bleu-blanc-pur devient vite l'artisan de notre rencontre par fauteuils interposés.
Fauteuils du rétablissement ou de la concorde, au confort des plus judicieux.
Avec manettes, roues, leviers, repose-tête, accoudoirs. De précieux fauteuils de compétition pour nous maintenir en vie.

Elle est brune, peau mate, cheveux noirs coupés au carré ; elle a l'élégance du langage et de la gestuelle, malgré les tuyaux en plastique qui montent de son bras gauche pour la relier médicalement à la pochette suspendue. Marocaine d'origine, à coup sûr. Yeux sombres et veloutés ; poignets et bras très fins ; orteils soignés, peints en rouge vif ; chaussures ouvertes à talons compensés, avec un mélange habile de corde et de cuir ; ensemble noir, fluide, d'une belle étoffe ; léger décolleté sur les jolies rondeurs du haut, sans tapage excessif : un rien de dentelle mauve qui s'échappe avec nonchalance, à peine visible. Sauf pour ceux qui auraient l'œil.
Comme moi. Comme elle aussi, forcément.
Plutôt dégourdie et raffinée, la meuf.
Délicate, comme bien des aspects de la culture orientale lorsque le salafisme ne prend pas le dessus. Une femme qui ne semble pas sortie d'un quartier populaire désargenté, laissé aux mains des dealers, des corrompus, et oublié de la République.

Barba non facit philosophum.
Si l'habit ne fait pas le moine, je le découvrirais au fil des mots qui fusent. La discussion est si naturelle, si chaleureuse. On ne se regarde pas en chiens de faillance en feuilletant des magazines, comme dans la salle d'attente d'un vieux dentiste aux dérives tortionnaires du style *Der Weiße Engel,* ancien nazi hongrois dans « Marathon Mann », le film de John Schlesinger sorti en 1976. Non, avec elle, c'est vraiment « sans danger » (pour reprendre la fameuse réplique du film) et la drague ne fait pas partie du jeu. La séduction, oui. Involontaire, avec son lot de surprises. C'est un échange humain respirant la sincérité ; comme de vieux camarades picorant la vie sans chichi. Il y a des femmes avec qui le contact est aisé dès la première phrase. Âme sœur, peut-être, comme dans les tangos magnifiques. Est-elle tombée du ciel par la naissance d'une étoile dans le désert ? comme le chantait Higelin en 1988, rendant ainsi un bel hommage à Charles Trenet, qui fut son grand inspirateur...

Retour au fauteuil. Au sablier. Mais rien à voir avec le bac à sable de mon enfance. Le carré de sable de mes quatre ans ne fait pas partie de ce paysage aseptisé. Et pourtant, mes pâtés et ma barboteuse à fleurs s'immiscent sans prévenir dans l'espace-temps, par le poids des mots et l'impact des pensées. Le visage de ma mère me surveillant de près depuis la porte-fenêtre est lui aussi suspendu en médaillon dans cette rapide échappée au sein du voyage spatiotemporel. C'est dans l'humeur de l'instant : je m'immerge dans cette bribe enfantine, en Homo sapiens assis sur la Terre, porté par des pensées vitales, temporelles, mêlant l'enfance, la vieillesse, la mort et la renaissance ; me baignant dans une rapide parenthèse enchantée aux réminiscences vivaces. Souvenirs inopinés. Vagabondage dans les abysses du temps et de l'espace, flottements, dégagements, introspection. Prospection. Perfusions...

Retour au sablier médical circonstanciel, fait d'à-propos plus rigoureux, ou à son double, plus vicieux, fait d'a priori, d'à peu près, de tâtonnements au gré du vent et des fluides...
La première heure est passée facilement, détrônée par toutes ces divagations silencieuses, ou par mes échanges courtois avec ma voisine de fauteuil. Ça me change de la première fois : j'étais venu les mains vides, comme un pianiste sans clavier. Je pensais que ça ne durerait qu'un quart d'heure. J'ai attendu pendant plus de trois heures, sans rien faire - absolument rien - à l'image d'un homme-tronc scotché dans son fauteuil de compétition, impuissant, ayant pour seule occupation l'épluchage

des lieux avec un regard inquisiteur ; envahi de sensations inhabituelles générées par ce décor aux couleurs pastel ; par les infirmières occupées à des va-et-vient rapides dans leurs sandales feutrées ; et par le silence. Rien que le pfuit-pfuit du frottement des pantalons ou des blouses accompagnant les mouvements de ces femmes dévouées, dans l'espace réservé.
Ne rien faire pendant trois heures.
Respirer, oui, quand même. Écouter aussi.
Observer. Imaginer des diagnostics.
Échafauder des bilans hasardeux.
La patience est une de mes qualités, ai-je lancé à celle qui se souciait de mon éphémère condition d'homme-tronc en panne, connecté à son curieux cordon ombilical.

Avec l'*Orientale*, nous allons droit au but, depuis le début. C'est du cash.
« Elle a fait dix ans d'armée ». Formule qui s'appliquerait aussi bien à de la prison.
Afghanistan surtout. Afrique noire aussi.
Contre Daech ; contre le terrorisme…
Barba non facit philosophum.
Engagée volontaire à 22 ans, les yeux fermés, des paysages plein la tête, un besoin d'évasion, un rêve patriotique, un désir de bienveillance, pour aider son prochain, me dit-elle. Elle aurait pu être infirmière, secouriste ou assistante sociale. Alors pourquoi le treillis, les rangers et les armes ? En plus, avec des parents à cheval sur les

principes et très soucieux de l'intégration, c'était d'office l'école militaire. Pas question de s'engager en free-lance, en légionnaire, à la sauvette. Non : formation, diplôme, prestige. Elle a vite déchanté, la pauvre. La hiérarchie aveugle et le langage robotique, l'absence de sentiments et la solitude, malgré le devoir de fraternité, le fusil à portée de main. Uniquement la mission et rien d'autre. En tenant cinq ans de plus, elle aurait eu droit à une retraite pour bons et loyaux services rendus à la patrie. Mais non ! impensable, insupportable, invivable ! me dit-elle. Elle a encore des comptes à régler avec un supérieur resté là-bas, entre autres.

Elle a le même problème médical que moi, avec en plus, un passif plus lourd : cancer. De l'utérus, m'a-t-elle glissé vite fait entre deux phrases sur un ton léger ; comme s'il s'agissait d'une fatalité ou d'un mal quasi notoire chez toutes les femmes ! Elle a deux enfants ; de six et douze. Son problème d'horaire - moi j'ai l'après-midi - c'est leur sortie de l'école à 16 heures. Son goutte-à-goutte s'achève à 16 h 30 et son mari est absent pendant toute la semaine. Toutes *les* semaines, me précise-t-elle.
Il ne rentre que les week-ends. Les gosses prendront le bus et attendront leur mère à la maison. Seuls, dégourdis. Après sa perfusion, il lui faudra encore compter

quarante-cinq minutes pour le retour en voiture. Elle se conforte en parlant du grand qui prendra le petit en charge pour le goûter, comme d'habitude. Elle converse et dès que nous faisons une pause, son portable prend le relais. Modèle grand format avec housse élégante ; réglé sur vibreur. Quarante-trois ans, hyperconnectée, occupée, active. Les pieds sur la Terre, le nez dans le virtuel. Mais détendue, malgré tout ; elle m'a dit son âge sans détour. J'ai donné le mien en retour, courtois. Quarante-trois ans, une mine radieuse... Mais va savoir ce qui se passe à l'intérieur. Les apparences sont trompeuses.

Elle est née en 1980, l'année où le pacifiste militant John Lennon est mort assassiné. Celui qui disait : « la vie c'est ce qui vous arrive au moment où vous étiez en train de prévoir autre chose ». Comment aurait-il pu subodorer son assassinat, en 1971 ? alors qu'il chantait le magnifique *Imagine*. Une mort quasi insignifiante pour elle, forcément ; comme les nombreux bouleversements de cette décennie, dans des sociétés en pleine mutation idéologique et sociologique : retour de la Gauche au pouvoir en France en mai 1981 et abolition de la peine de mort en octobre. À l'Est, un peu plus tard, la chute du mur de Berlin et l'effondrement de l'Union soviétique. La catastrophe de Tchernobyl, le sida qui envahit la planète, les premiers PC à la maison, le disque compact, l'apparition du clip vidéo et du magnétoscope, l'avènement de la télévision par câble, le tout numérique qui s'impose, entre autres technologies novatrices qui ont transformé et standardisé nos vies à jamais ; qui ont révolutionné le monde de la musique et celui de l'image, mais qui sont aussi en train de formater nos cerveaux avec des algorithmes, des caméras de surveillance, des robots inertes et polyglottes. Une période qui, en France, avec l' élection de François Mitterrand et la nomination de Jack Lang, a bercé les espoirs et les illusions de plusieurs générations pour lesquelles la culture ne fut pas un domaine non essentiel.

L'infirmière a le même âge que moi. Une brune un peu moustachue, avec chignon très haut, façon bigoudène. Je dirais Bretonne, Portugaise ou Espagnole d'origine. Avec des cheveux très longs enroulés dans ce gros bâton de barbe à papa aux reflets gris. Tant de femmes se coupent les cheveux courts à son âge, dans le club des gendarmettes bien comme il faut, où rien ne doit dépasser. Je trouve les femmes à cheveux longs tellement plus rayonnantes et sensuelles avec l'âge, même si leur chevelure n'a plus l'étoffe des héroïnes.
Elle a su résister avec une certaine grâce. Ancienne militante, peut-être.

Pendant nos échanges humoristiques et bon enfant, j'ai demandé s'il elle comptait prendre sa retraite à un moment donné…
Encore un an, a-t-elle répondu, souriante.
Moi, je l'ai prise l'an dernier.
Vous êtes bien comme vous êtes, a-t-elle surenchéri, en considérant mon physique de vieux premier.
Elle me trouve bien conservé.
Une infirmière qui rit beaucoup, affectueuse, compétente et franche du collier.
La cheffe, me semble-t-il. Il y en a deux autres, moins bavardes, mais réactives.

Je n'ai absolument rien senti lorsque cette Bretonne-Hispano-Portugaise supposée a planté la fine aiguille dans la veine de ma main. Piqué très délicatement, serait plus juste. Une main de retraité, ai-je souligné ; avec de bonnes veines spéciales perfusion.
Elle a ri et dédramatisé aussitôt.
Ça fait aussi partie du métier.

Pendant ce temps, « Leïla », survole par tranches le bouquin posé sur ses genoux. Je l'appelle Leïla juste dans ma tête. Ça m'est venu d'un coup. Aurait-elle un prénom plus français ? Non… Leïla lui va bien ; délicieux : « la nuit ; née pendant la nuit » en arabe. D'ailleurs, elle ressemble assez à l'actrice Leïla Bekhti. Délicieuse aussi, je trouve. Beauté gémellaire à deux

doigts près. Ce joli prénom confirmerait-il le charme nocturne de sa naissance ? Si c'est le cas, sa lumière éclaira probablement cette nuit de travail entre femmes avec raffinement. Je reste donc sur Leïla, mais sans oser le prononcer à voix haute. Uniquement dans ma tête.
Imagination fertile et jardin secret.

Si c'était véritablement son prénom, ce serait drôle, magique. Elle serait peut-être épatée. En même temps, ce serait un peu comme Jean Dupont pour des Français : ça ne créerait pas vraiment de surprise, ce serait dans l'ordre des choses. Le monde arabe n'échappe pas à la règle. Malgré la richesse de cette langue, là-bas, il y a des Leïla, Fatima, Mohamed à chaque coin de rue. Ici aussi ! vociféreraient les Français de pure souche, issus de pontes irréprochables. Foutues langues de vipères ! Ils feraient mieux de se battre pour libérer ces jeunes gens du joug des intégristes. Ils verraient alors la beauté surgir, à l'image de Leïla, lumineuse dans son fauteuil.
Mais peut-être ne peuvent-ils pas ou ne veulent-ils pas voir la beauté ? Serait-ce pour avoir une chance d'exister ? De reprendre le dessus ? On dit que pour garder la tête hors de l'eau, les noyés appuient souvent sur la tête de ceux qui les sauvent. Vieux proverbe arabe ? Non, pas du tout, du cousu main. Dans ma tête aussi.

Je m'interromps dans mes pensées, Leïla repose son livre sur ses genoux, les infirmières vérifient que tout se passe bien. Rien d'expéditif : de la bienveillance, de la bonne humeur, de la gentillesse. De la dévotion et du professionnalisme. Nous en parlions à l'instant, Leila et moi : mesdames, nous vous faisions des compliments ; nous parlions de votre douceur, de votre dévotion, malgré les conditions de travail qui se dégradent, les chronométrages, les heures supplémentaires non payées et les bas salaires, le manque de personnel, l'obligation de rentabilité...
Elles sont touchées. Ça fait du bien d'avoir des compliments, répliquent-elles.
La dévotion, mais la passion, surtout !
C'est la passion qui nous fait tenir...
Oui, comme pour moi, dans mon métier.
Leïla veut savoir... Elle m'aguiche avec ses grands yeux sombres.

Je travaille dans le spectacle. Comédien.
Je me suis assez vite orienté vers la mise en scène et la création à part entière.
Musicien aussi, et compositeur. Je prête également ma voix pour des documentaires et j'ai commis une quinzaine de livres : romans, essais, nouvelles, pièces de théâtre. Casquettes multiples ; interactivités artistiques... Mais volontairement hors du star-système. Mon but n'est pas de faire de l'argent, ni de me forger une

gloire personnelle. Seule l'élaboration d'un travail artistique me motive. La construction, la recherche, la finalisation. Et au théâtre, le texte, bien sûr. Le mouvement dans l'espace vide. L'ombre et la lumière. Le travail d'équipe. Toute ma vie, j'ai vécu de mes activités, sans jamais être une star, en faisant peu de compromis, en suivant mes idées et mes passions. C'était le but.
Leila est épatée. Elle ne connaît pas le milieu artistique. Elle a fait un peu de théâtre pendant son adolescence, me glisse-t-elle avec un regard accroché dans le vide.
La passion, c'est essentiel dans nos métiers, ajoute-t-elle.
Oui, vous savez Leï… (je me mors la langue d'avoir presque prononcé *son* prénom à voix haute), d'accord, ce n'est pas facile d'être artiste. Mais pour l'Homo artisticus, le plus dur, c'est de le rester.
Elle sourit en silence en battant des cils.

Depuis qu'elle a démissionné de l'armée, elle est cadre dans une entreprise. Le plus laborieux en réintégrant la société civile, c'est de réapprendre les bases élémentaires du contact humain : dire bonjour, demander à sa secrétaire si tout va bien, lui dire merci, s'excuser. Dans l'armée, ça n'existe pas. Seuls comptent les ordres, la mission. Au point qu'elle ne comprenait plus pourquoi elle devait dire merci ou s'il te plaît à quelqu'un qui était payé pour effectuer un travail. Elle a un salaire pour faire ça ! je ne vois pas pourquoi je devrais la remercier ! Ses collègues avaient beau lui réexpliquer de long en large. Elle avait perdu l'art et la manière en route, dans le désert, entre deux colonnes de chars.

Retour à la tuyauterie et au fauteuil.
Pour ma part, le goutte-à-goutte suit son cours. Pour Leila, il va falloir repiquer ailleurs et mieux, dans cette peau soyeuse et basanée qui ne laisse voir aucune veine, même des plus fines. Pareil que les Esquimaux sur la banquise en train de fondre : eux non plus n'auraient pas de veine, sous leur peau lisse et grasse, apparemment.

L'infirmière est une pro, très impliquée.
Jolie blonde au physique scandinave, avec un doigté d'experte. Il va falloir en trouver une qui ne roule pas, lance-t-elle. C'est le terme consacré pour la tuyauterie rebelle. La discussion dérape sur les perfusions, les peaux, les aiguilles, les vaisseaux ; les stylos que je vais devoir - par la suite - me piquer moi-même dans la cuisse ; ou dans un bourrelet sur le ventre, me dit la Scandinave en pinçant le bourrelet imaginaire qu'elle n'a pas sous sa blouse.
Corps de danseuse, en vérité.
Vous êtes trop fine, lui dis-je. Ce serait très difficile de pincer quelque chose.

Sourire, dérobade et suite des opérations. La passion, la bienveillance. Le métier. La mission, dirait ma voisine, dans ses souvenirs de combattante.

Leïla est à nouveau branchée au compteur. Le goutte-à-goutte fonctionne à merveille. On l'a même accéléré pour essayer de gagner un peu de temps au regard des enfants qui devront poireauter, les pauvres ! Une maman en retard et des enfants qui poireautent, ça fait toujours mal au cœur. Que se passe-t-il dans leurs têtes de petits Homo sapiens délaissés au cours de cette longue marche vers l'avenir ? Se sentent-ils perdus sur la Terre ? Ont-ils le nez dans les étoiles, en songeant au monde et à leurs poids minuscules dans l'univers ? Se soucient-ils du danger qui vient, des phares qui balayent le paysage, du bolide ronronnant qui monte la côte et qui pourrait les anéantir, allongés dans leurs songes ? Surtout le petit, en manque de câlins maternels après une longue journée d'école. C'est comme ça que Leila voit les choses ; ou qu'elle les imagine. Une façon de ne pas parler de son manque de câlins à elle, après une longue journée passée loin de ses chers petits loups et des semaines qui défilent presque sans époux. Peut-être aussi une enfance en solitaire et personne avec qui faire du tricotin ou du

patin à roulettes ; avec qui échanger des bisous de cinéma à l'abri du monde ?
Est-ce là que le bât blesse ?
Parfois, le grand me demande encore de dormir avec moi. Finalement je craque, m'avoue-t-elle avec une légère démission dans le regard. Ça me fait plaisir et je lui propose volontiers. Mais la dernière fois, il n'a pas voulu. La jeune maman serait-elle ébranlée par ce revirement qui sonne le glas d'un certain pouvoir maternel et le début d'une émancipation ?
La solitude et le silence s'installent.

Je relance la conversation : c'est normal, à son âge, on vit des choses nouvelles, c'est le grand chambardement. Ma réponse la laisse pantoise... Un autre blanc entre nous ; le blanc de la clinique aussi, qui nous enveloppe du sol au plafond. Propre. Aseptisé. Technique. Purifiant. Un cocon offert par l'assurance maladie, à l'attention des pauvres malades bien heureux que nous sommes, mais qui n'auraient pas les moyens de se payer tout ça. 3200€, en ce qui me concerne pour deux perfusions. Une santé qui n'est pas à la portée de toutes les bourses. Le jour où la sécurité sociale disparaît, on n'aura plus qu'à crever tous la bouche ouverte. Leïla en a vu d'autres. Elle est moins bien lotie. Moi, je ne fais pas le poids, pour l'instant, avec mon moindre mal. En plus, mes enfants sont adultes et indépendants. Je n'ai donc plus que mon chat personnel à fouetter, ou presque. Et ma compagne à choyer.

Ma sœur ainée travaillait aux Urgences à Tunis, me dit-elle. Là-bas, toute la famille entre dans le bloc, il y a des va-et-vient constants, les portes s'ouvrent, se ferment, c'est tout juste si elles ne claquent pas ! Les gens circulent ; il y a peu de matériel. Ici, c'est royal, en comparaison.
Nous conversons sur les nombreux pays en guerre, leur manque de moyens, sur les hôpitaux en perdition, sur l'apartheid en Palestine, l'extrême-droite au pouvoir en Israël, la Syrie sous dictature, la guerre au Yémen depuis dix ans, sur la Somalie, pays le plus dangereux du monde avec en prime quatre années sans pluie ; la grande arnaque irakienne, celle du gouvernement Bush et des Anglais ; et aussi la Libye, le Soudan, le Liban ; sans oublier l'Ukraine et bien sûr tous les autres démunis de la Terre, puisqu'on fait les comptes, afin de ne pas trier cyniquement les millions de victimes en installant une hiérarchie bien-pensante dans l'horreur planétaire : beaux blancs contre sales bronzés, riches contre pauvres, juifs contre musulmans, etc. Nous sommes d'accord. Leila a vu ça de près, elle. Tandis que moi, je me nourris d'informations plus ou moins vérifiables, plus ou moins manipulées, plus ou moins

partisanes. C'est de la guerre chirurgicale, avec des gants blancs. Aseptisée. Télévisuelle. Virtuelle. Celle qu'on nous sert à chaque journal télévisé, presque avec le sourire ; celle à laquelle nous aurions droit, si l'écran plastifié noir était allumé sur le mur, dans le coin de la salle, comme dans un hôtel bon marché ou dans un Éhpad frauduleux, avec une poignée de vieillards somnolents assis autour, qui grignotent leur pain de guerre.
J'observe discrètement le profil de Leila, le visage tendu vers son livre. Elle semble subitement plongée dans ces pages qu'elle effleure du bout des doigts ; ses longs cils noirs balayent par intermittence un regard fixe et concentré ; ses lèvres pulpeuses et violacées exécutent de minuscules pressions l'une contre l'autre, dans le prolongement des joues et du menton, comme on sucerait un bonbon avec élégance en avalant une once de salive sans bruit. Son visage devient générique, m'évoquant ces femmes marocaines assises devant leur ouvrage au milieu du souk, au cœur des parfums, des épices, des couleurs, des musiques, des architectures bigarrées et des écheveaux entremêlés…

J'étais deux fois au Maroc, entre autres pays dépaysants pour un blanc bobo. En 1973, j'ai vu de la misère partout, sous le joug de l'impitoyable despote Hassan II. J'y ai aussi connu l'univers carcéral pendant un peu plus d'un mois, à Fès, embarqué bien malgré moi dans une affaire de contrebande de tabac montée de toutes pièces dans le but de nous soudoyer : un univers de grosses magouilles, de fourberies, d'injustice et de violence. Pire que « Midnight Express », le film réalisé par Alan Parker en 1978, avec la superbe musique de Giorgio Moroder : car ici, nous sommes entassés à quarante dans une pièce, comme les voleurs du conte, sauf qu'Ali Baba n'est pas là avec son fameux *sésame ouvre-toi* ; on est serrés comme des harengs, à même le sol ; cinq Français et un Péruvien au milieu des autochtones, avec juste un trou surmonté d'un robinet - parfois sans eau - dans le coin, en guise de toilettes.

Ce sont les étrangers qui dorment devant le trou, à tour de rôle, avec des pelures de mandarine dans le nez, pour tenir le coup ; très peu d'espace dans la cour pour une promenade quotidienne trop courte, mais à l'air libre, avec un carré de ciel ; des taulards à surveiller la nuit, afin d'éviter les mains baladeuses, parce que moi, le chef de cellule m'appelle *Zwin*, et *Zwin* en marocain ça veut dire beau, joli ; et bien entendu, de la fumette sans problème, pour noyer le poisson en douceur avec la complicité des gardiens ; du troc avec les codétenus, un marché de dupes à tous les étages ; une épidémie de choléra en prime avec de nombreux morts embarqués dans des draps ; mon nom fiché sur *Interpol*, puis la fièvre typhoïde attrapée pendant les quinze jours de rab au soleil après notre libération, et mon retour en France en piteux état, avec la moitié de mon poids en moins et mes cheveux qui tombent par poignées... Pendant un temps, il ne fallait plus me parler des Arabes. J'ai dû encore me les coltiner durant mon séjour à l'hôpital en France, la grande chambre commune en était pleine ! Après quelques jours de cohabitation, j'ai eu droit à ma chambre personnelle de privilégié, avec glace sur le corps et tout le toutim. J'avais 17 ans et demi. « Le temps guérit les blessures », nous dit le proverbe. Peut-être.

Je suis retourné au Maroc en 2005, et j'y ai vu la prétendue modernité annoncée par le nouveau roi Mohamed VI. Or, rien n'avait changé. À part des quartiers chics qui fleurissaient comme des champignons empoisonnés dans des avenues revisitées pour la cause, avec des échafaudages hasardeux, comme autant d'enchevêtrements de planches et de poteaux taillés à la machette, faits pour des équilibristes risquant leurs vies pour trois sous de l'heure. Un grand jeu de société dans la poussière aveuglante et ensoleillée. De longues artères en chantier, pétaradantes

de vieilles mobylettes, de voitures et de camions en mauvais état, récupérés dans les casses de l'occident, sécrétant leurs fumées acres et polluantes, irrespirables ; véhiculant une populace beaucoup moins riche, pour qui ces nouveaux décors issus du rêve occidental resteront une illusion à jamais, ou un cauchemar.
En 2005, les pétrolettes circulaient librement jusque dans la médina et au cœur du souk, à toute allure, en zigzaguant.
En 1973, mes souvenirs m'apparaissent plus débonnaires : je n'y vois que des ânes doux et affectueux ; l'ambiance est apaisante, tranquille, babacool. Pas de femmes entièrement voilées de noir non plus. Parfois juste un fichu coloré sur la tête. Aucun haut-parleur annonçant autoritairement les caprices d'Allah, à l'instar d'une radio de propagande assommante.
C'est plus humain. Il y a encore un muezzin qui chante le *Adhan* dans le minaret, on peut s'asseoir sur le sol nonchalamment, faire un brin de causette avec un autochtone aux yeux argentés et à la peau cuivrée, à l'abri d'un coin d'ombre, et à l'abri des regards du Roi Hassan II et du régime autoritaire en place.

Qu'en est-il aujourd'hui après le Printemps arabe dont les bourgeons prometteurs semblent avoir gelé après floraison, comme dans d'autres pays frères ?

Retour au sablier et à ma voisine orientale née en France, de parents plutôt aisés. Jamais je ne l'aurais imaginée soldate. Bien trop belle. Je sais, c'est réac de penser ça ! Mais quand même : trop belle pour aller se faire canarder dans le désert sans témoins. Ce serait pareil pour un homme bien sûr, même moche ou abêti. Pourquoi la beauté aurait-elle plus le droit à la vie que la laideur ? Et comment les définir l'une et l'autre ? Sur quelle base ? L'unanimité, toujours ; ou un soupçon de démocratie peut-être ? Un maximum de culture et d'éducation, surtout. Mais au service de quoi, de qui ? Ce n'est certes pas sur ce critère esthétique subjectif, que Darwin a dû penser sa théorie de l'évolution, qui fut pourtant cruelle ; car la laideur est si présente sur la Terre, que l'Homo sapiens aurait péri avant même que de triompher en se pâmant dans les reflets d'une onde pure, à l'écart de ses femelles non épilées et de sa grotte protectrice.

Ça ne doit pas être simple pour une femme de cette classe et de cette beauté, de se faire respecter dans l'univers masculin des militaires, même si aujourd'hui il y a de plus en plus de femmes qui se lancent et que tous les soldats ne sont pas des robots abrutis ou des prédateurs sexuels en puissance. Ce serait trop manichéen de leur jeter la pierre. Ils nous libéreraient peut-être avec un véritable idéal, si le pays était à nouveau envahi par la peste brune. Pourvu que ça n'arrive plus jamais.

Notre échange est interrompu par l'arrivée de notre médecin spécialiste : diagnostic avec gribouillages rapides de documents, prises de renseignements, conversation de courtoisie. La dame en blouse blanche est gauchère. J'ai vu ça au premier coup d'œil. Comme Leila ; comme moi. Il n'y a que des gauchers, ici ! Peut-être sommes-nous tous trois d'accointance avec le soi-disant barbarisme du monde oriental grâce à une prédisposition naturelle à écrire – si on nous laissait faire - nos pensées ou nos mots d'amour en allant dans le mauvais sens, donc plutôt vers la gauche et vers le cœur ?

Cette blague ne la fait pas rire du tout.
Le diable est un gaucher, tout le monde sait ça ; chez les Arabes comme chez nous. Alors n'en faisons pas l'éloge et ne blasphémons pas, nous irions tous les trois en enfer ! pendant que ceux assis à la droite du père iraient sagement au paradis.
Moi qui suis devenu Homo artisticus (ou qui l'ai peut-être toujours été), j'ai eu l'autorisation dès la fin de l'école primaire, d'écrire et de dessiner de la main gauche. À l'instar du grand Léonard de Vinci, gaucher au parcours hors pair, et si j'avais eu

son talent de peintre et de polymathe, j'aurais pu moi aussi peindre la Joconde avec la main du diable ! Ceci étant dit, Leonard de Vinci écrivait aussi de droite à gauche, ce qui n'était pas mon cas. « Il fallait regarder ses textes dans un miroir pour les lire », comme l'explique Mr Bruno Mottin, Conservateur du patrimoine au Centre de recherche et de restauration des Musées de France. « C'est ce qui frappait le plus ses contemporains ». On sait aussi que Léonard de Vinci n'a jamais changé sa manière d'écrire. « Sauf pour les lettres officielles, où il écrivait dans le bon sens », précise le Conservateur.

Le *mancino*, comme on l'appelait, n'était pas perturbé par cette norme de la main droite. Dans ses dessins aussi, les spécialistes ont pu déterminer que De Vinci était gaucher. Autre particularité de l'artiste : « lorsqu'il faisait des hachures, c'était d'en bas à droite vers le haut à gauche », explique encore Bruno Mottin. Léonard De Vinci, Michel-Ange, Beethoven, Picasso, Chaplin, Mozart, Paul Klee, Glenn Gould étaient gauchers. Une spécificité pas si rare chez les artistes ; ni chez des pointures comme Einstein ou Newton, des écrivains comme Kafka, Perec, Lewis Caroll, des poètes comme Verlaine, ou des acteurs et actrices tels Jean-Pierre Bacri et Daniel Auteuil, Nicole Kidman, Julia Roberts, des musiciens comme Jimmy Hendrix, David Bowie, Paul McCartney, ou des hommes politiques comme Clinton et Obama... D'après les études, nos ancêtres Homo sapiens ont peint la grotte de Lascaux avec la main droite ; mais il y avait aussi des gauchers au sein de ces artistes émérites. Car les gauchers existent depuis la nuit des temps, messieurs les censeurs. Donc, motus ! L'étude des outils préhistoriques ainsi que certaines recherches sur les peintures rupestres le démontrent.

Alors finalement, au cœur de la grande cosmogonie, de ses mythiques récits et de son modèle archétypal de la création, en allant jusqu'aux fondements des sociétés dites modernes, c'est uniquement dans l'école républicaine laïque et obligatoire de Jules Ferry, que les gauchers ont vraiment souffert, en tenant contre nature leur plume de la main droite. Avant cette aberration, le paysan analphabète et malappris, pouvait se torcher le derrière, se curer le nez, trousser la gueuse ou bêcher son champ avec la main de son choix !

Dans mes souvenirs d'écolier, sur nos pupitres en bois, l'encrier est inséré à droite, dans un orifice prévu à cet effet. Gare à celui qui aurait envie de renverser l'ordre établi en se penchant dans le mauvais sens tout en se tachant gauchement : à cette époque, s'affirmer gaucher, c'est être récalcitrant à la droiture. Heureusement, après mai 68, les années soixante-dix sont libératrices et les courants libertaires envahissent la nation ; « comme une horde de sauvages », nous dirait avec des yeux effarés la petite dame avec son colonel, que nous croisions alors que nous étions nus dans le bois, au bord de la Dordogne...

Donc, les sauvages envahissent la nation libérée, et les petits gauchers ne sont plus contrariés. Avant cette révolution, je m'appliquais à éviter le fameux coude à coude en plaçant ma feuille ou mes cahiers dans le sens approprié. Étant encore et toujours assis à droite de mon voisin de pupitre, allez savoir pourquoi, je me mettais debout dans l'allée pour éviter la gêne et surtout contourner l'encre qui n'avait pas le temps de sécher sous ma main gauche qui se déplaçait vers la droite. Je me retrouvais debout devant le bord du pupitre, en authentique Homo erectus courbant à peine l'échine devant l'autorité, avec ma feuille tournée pratiquement à l'horizontale, l'en-tête orienté vers mon voisin droitier de gauche (socialiste avant l'heure ?), pour ne pas essuyer les mots humides avec ma paume qui se retrouvait ainsi au-dessus de mon écriture. Cela tenait du casse-tête chinois, car j'écrivais un peu comme un Asiatique éjecté de la sinosphère. J'en avais déjà un peu la tête, avec mes yeux noirs bridés, hérités de ma mère et de toute la branche familiale hongroise, ainsi que de leurs ancêtres les Huns ; pareils pour mes cheveux raides comme des baguettes de tambour, hérités probablement aussi de peuples nomades venus du nord de la Chine, et on me donnait en prime le sobriquet de *p'tit chinois* pour parfaire le tableau. Cette position de plumitif anticonformiste - alors que l'évolution démontrait que l'intelligence développée au cours de l'histoire de l'humanité, se faisait justement grâce à cette posture qui libère nos mains tout en développant notre ciboulot - cette gageure, donc, au sein d'une école républicaine au service d'une bourgeoisie droitière bien-pensante, donnait de foutues démangeaisons nerveuses à notre vieil instituteur. Dans le nouveau contexte post-soixante-huitard, cet ancien combattant de la guerre d'Indochine ne pouvait intervenir sans risquer l'expulsion. Il avait bien du mal à imposer son point de vue, malgré sa superbe trique de bambou rapportée de nos anciennes colonies si chères à Monsieur Jules Ferry.

Cette matraque (appelons la chose par son nom) qui lui servait à bastonner vicieusement les fauteurs de trouble, en frappant sur le bout des doigts ou sur les ongles, sur la paume ou le dos de la main, selon

la gravité du gauchisme, installait sa hiérarchie personnelle dans les sévices corporels, bien à l'abri des regards indiscrets, exactement comme chez les *Viêt !*
Et une fois hors de l'enceinte de l'école, les dés étaient pipés et la vérité difficile à entendre : entre la parole du maître et la nôtre, il n'y avait pas photo, comme on le dit aujourd'hui dans nos sociétés modernes de l'image contrôlée. Les gauchers étaient tous de sales petits menteurs cherchant à renverser le pouvoir en fustigeant le maitre dans sa mission éducative.

En ce qui me concerne, moi, le petit gaucher non contrarié, j'ai tordu toutes mes plumes Sergent Major dans le mauvais sens, j'ai taché mes doigts de manière quasi indélébile, j'ai expérimenté des techniques insolites avec une consommation excessive de buvards pour éponger au mieux tous les débordements, - des ruses de Sioux que les droitiers de moins de 60 ans ne peuvent pas connaître, ni même imaginer… - et j'ai surmonté toutes les difficultés du gaucher, en devenant à la force du poignet, un as de la calligraphie : premier de la classe en écriture et premier en dessin ! Osez dire que les gauchers sont à bannir avec de tels résultats ! Osez le dire ! Levez la main droite et dites « je le jure » !
À l'époque, ça lui est resté en travers de la gorge, à ce vieil instituteur nostalgique

« des putains d'enfoirés de Viêt-Cong. » Il en a presque fait une jaunisse, tant les fantômes d'Asiatiques lui collaient encore aux basques. En tant que gaucher, je sais maintenant qu'il est des combats, qui par leur acharnement, nous rendent plus à même de briller socialement : ils façonnent notre aptitude à la survie ; à la résistance ; à l'adaptation ; à l'intelligence ; et ce, grâce à l'utilisation obligée de nos deux hémisphères cérébraux, de façon quasi simultanée et permanente.

En fin d'année, non pas en guise de récompense, mais grâce à la marche de l'espèce vers une évolution plus naturelle et plus juste, reprenant enfin le dessus sur des valeurs morales biscornues, je bénéficie enfin d'outils qui me semblent spécifiquement dédiés et qui changent ma vie : le premier stylo à encre, d'abord avec pompe puis avec cartouche, suivi de près par le stylo à bille, descendant du prototype inventé en 1938 par László József Bíró – juif hongrois né à Budapest et mort à Buenos Aires.

Si cet homme a parcouru un long chemin sur la Terre avant d'en arriver là, combien de litres d'encre ont-ils coulé dans les encriers de l'école publique, jusqu'à la délivrance des Homo sapiens de mon espèce, dont je fus alors, un petit ambassadeur grâce à mes prouesses manuelles et mon endurance ? Cette histoire m'a suivi toute ma vie, plus particulièrement avec les instruments de musique à cordes dont j'ai joué, comme le violon que j'ai fait miauler pendant 25 ans, et la guitare, toujours artistiquement dans la course avec mes tangos contemporains et mes compositions aériennes dans mes lectures musicalisées. J'ai fini par me faire fabriquer des instruments de musique adaptés à ma condition d'irréductible gaulois. J'en avais marre d'être amené à changer les cordes de sens, lorsque j'arrivais dans des soirées festives où une guitare de droitier - d'un modèle des plus brillants - trainait là pour me titiller. Moi qui n'étais pas un gaucher manouche ou gitan capable de jouer avec les cordes à l'envers, mes fans me poussaient à la roue pour inverser le mi-si-sol-ré-la-mi » en mi-la-ré-sol-si-mi. Résultat : juste une demi-heure de renversement, et tout mon répertoire peut à nouveau s'exprimer dans le bon sens !

Mais pour le violon, c'est plus délicat.
Il m'a été offert par mon oncle, un multi-instrumentiste à double casquette : chef d'orchestre le soir dans les cafés-concerts d'après-guerre, et artisan boucher le matin sur les marchés. C'était un homme de très-peu-de-sommeil, clignant aussi beaucoup des yeux (il me rappelait le fameux

Mac Ronay, magicien comique et dresseur de puces). C'était aussi un artiste-boucher qui a eu le doigté pour ne jamais s'amputer d'un pouce ou d'un index. Une fois à la retraite, il est devenu artiste peintre.
Lorsque j'avais dix ans, il m'a fait cadeau d'un de ses violons à Noël, après avoir constaté mon goût prononcé pour la musique. Très accaparé par ma guitare, je laisse d'abord trainer ce violon des années sur le haut d'une l'armoire ! Puis je commence à en jouer en inversant les cordes, jusqu'au jour où je me décide à prendre les choses en main pour améliorer le son et tirer un meilleur parti de l'instrument : j'opte pour le périlleux renversement de la barre d'harmonie et de l'âme de manière définitive. Ce sont des pièces maîtresses dans la transmission vibratoire du son. Pour cette opération délicate, il faut ouvrir l'instrument par le haut en décollant la table, au risque de tout y perdre...

Je fais faire ça par un luthier à Genève. Je le rencontre dans une soirée irlandaise, dans la ferme-auberge située non loin de notre petit chalet aux volets rouges et aux sapines noircies ; ferme-auberge qui trône sur le ruban de bitume de nos soirées allongées entre ciel et terre... Une de ces rencontres entre musiciens, avec des improvisations festives, comme ça se fait couramment à cette époque où ce n'est pas encore le portable ou l'informatique qui occupent l'espace ; une de ces bringues musicales où le vin coule à flots et où la musique nous enivre bien plus encore, pendant une nuit entière à jouer des *Reels* et des *Gigs*, à une dizaine de musiciens et musiciennes, comme on le fait avec bonheur dès qu'on a du temps libre...

Or, pour bien d'autres choses, qui n'ont rien à voir avec la musique, je n'ai jamais senti cette société spécifiquement adaptée aux droitiers (sauf pour certains jeux de cartes, les casseroles à bec verseur ! les ciseaux, les ordinateurs), malgré le pouvoir autoritaire des droitiers sur nous autres maladroits (ou mal à droite) et leur volonté affichée de droitiser à outrance, selon une morale sortie de la bible ou d'un manuel du même acabit.
En voiture -pour ne citer que cet exemple- je me sens très à l'aise en étant assis à gauche pour conduire, ma main gauche directrice sur le volant, les voitures d'en face venant de gauche, tandis que ma main droite n'est que secondaire pour actionner le levier de vitesse ou me gratter l'oreille, ou même pour peloter avec une ambidextrie soudaine plus appuyée, le genou gauche aguichant de ma compagne. En fait, je pense avoir intégré l'usage de ma main droite, tout en étant resté un vrai gaucher. Ce qui m'a permis de vivre ma vie

à l'endroit et à l'envers, sans pour autant devenir ni ambidextre ni dyslexique. Sans doute aussi, grâce aux instruments de musique où les deux mains sont constamment sollicitées. Pour le reste, mon côté droit reste un peu malhabile pour certaines choses, voire impotent. Heureusement, les livres, quand je les feuillette, semblent bien avoir été fabriqués pour les gauchers ! Eh oui...

Je ne voudrais pas réécrire « Éloge du gaucher » que Jean-Paul Dubois a publié en 2008 aux éditions de l'Olivier, mais quand même... Son livre se résume ainsi : *Un homme sur dix vit sa vie à l'envers. Un homme sur dix a une existence un peu plus compliquée que les autres. Un homme sur dix sait pourtant qu'il n'a pas le choix, puisque les choses ont toujours été ainsi. Alors un homme sur dix se résigne à subir sa condition de gaucher dans un monde de droitiers.* « L'ouvrage n'est pas un manifeste, mais seulement la remise en ordre d'idées reçues, la réhabilitation d'un peuple éparpillé, d'une caste discrète », commente-t-on dans les articles qui lui sont consacrés. [*Éloge du gaucher, c'est l'histoire éternelle d'êtres différents, qui ont été marqués par ce onzième commandement : « Écris avec ta jolie main », et qui ont dû s'adapter à un monde créé par et pour les droitiers, où l'on obéit à la priorité à droite,*

où il est inconvenant de saluer de la main gauche et suspect de se lever du pied gauche], écrit-on encore au sujet de l'ouvrage. On pourrait même rajouter aujourd'hui : un monde ultralibéral où il est quasiment dangereux de voter à gauche, et pourquoi pas, de *Mélenchoniser,* voire de *Nupesiser,* pendant qu'on y est !
Une personne sur dix devrait lire cet essai de Jean-Paul Dubois, essai plutôt drôle, mais aussi très complet sur la question ! Je l'ai lu des deux mains, avec le sourire au milieu et l'esprit libre de toute contrainte biblique ou sociétale.

Notre médecin-spécialiste gauchère doit avoir 35 ans. Elle n'a pas connu les années glorieuses de cette résistance, ni celle de la libération des gauchers ragaillardis. Car il en est ainsi pour chaque nouvelle génération qui marche sur la Terre tout en perdant chaque jour un peu plus la mémoire, oubliant les combats menés par ses ainés dans la jungle planétaire, pour sa sauvegarde et celle de sa progéniture.
Cette gauchère-là est plutôt du genre coincé, ou peut-être timide, avec un prénom très catholique m'évoquant les milieux conservateurs assis à la droite du père. Cependant, elle fait très bien son job. C'est ça, l'important, aujourd'hui : le job ; nous sommes notre job, avec notre poids annuel en Dollars. Alors, ne lui jetons pas

la pierre non plus, ni d'une main ni de l'autre. On ne choisit pas son prénom, ni sa main directrice, pas plus qu'on ne choisit ses tendances sexuelles, ses croyances, et encore moins ses parents. (Pour ce qui est de mes tendances sexuelles, elles ont toujours été bien définies : mon hétérosexualité m'a permis de vivre une foule d'aventures - je dis bien une foule, bigre ! avec des femmes de tous milieux et de tous âges, avec quelques avortements, et peut-être aussi des enfants que je ne connaîtrai jamais, mon physique de beau gosse a attiré plus d'un homosexuel, mais je n'ai jamais eu ni besoin ni envie de répondre à l'appel). Bref, pour en revenir à nos possibilités de choix : ses géniteurs, on les adopte ou pas ; c'est après qu'on voit la différence ; entre frères et sœurs aussi, pourtant tous sortis du même nid germano-hongrois en ce qui nous concerne, après des années de vie communautaire en famille nombreuse, nos parcours ont divergé. À l'instar d'un groupe d'Homo sapiens issus de poussières qui ne proviendraient pas de la même étoile, nous n'avons pas marché sur la même Terre.

À l'heure où j'écris, nous ne sommes plus sept comme les nains dans le conte, mais cinq. Il y avait quatre filles et trois garçons dans la fratrie, avec trois gauchers, trois droitiers, et une gauchère contrariée. Je suis le seul Homo artisticus de la tribu, ou peut-être aussi parfois l'Homo olibrius de service, au regard de ma très fâcheuse résistance au système. *Grincheux*, certainement ; ou peut-être *Simplet*, pour éviter de me prénommer *Philosophe* avec prétention. Les autres m'apparaissent tous plus *libéraux* ou plus *matérialistes*, plus *obéissants*, peut-être ; des noms de nains beaucoup plus répandus, donc. Quoi qu'il en soit, ils sont dans le rang. À l'image des générations d'Homo sapiens se suivant à travers les âges, ce sont presque toujours les ainés qui essuient les plâtres, tout le monde sait ça. Et les plus résistants qui s'imposent, si l'on s'en tient à la théorie de Darwin. Donc, le petit mouton noir, le résistant, apparemment c'est moi, évoluant dans une aire de liberté qui m'est devenue bien plus favorable. Certainement le seul de la famille à s'allonger sur une route en pleine montagne et en pleine nuit, ou à rouler à 160 km/h au ras du sol, avec une barbe fleurie de hippie, à côté d'une simili Birkin avec short taillé au ras des fesses, œufs au plat et tétons durcis par le vent. Qu'à cela ne tienne ; continuons sur cette lancée puisqu'elle m'a été bénéfique dès mon plus jeune âge.

Notre spécialiste en blouse blanche sur fond blanc est repartie avec son prénom sanctifié, en émettant des fuit-fuit plutôt

bruyants, car elle est aussi rondelette. Un petit peu trop à mon goût. Mais bon... Les nourritures terrestres ne sont pas les mêmes pour tout le monde. Certains s'empâtent, d'autres tirent la langue ou crèvent dans le fossé, d'autres encore font la fine bouche face à l'opulence, jusqu'à devenir esclaves d'archétypes tirés des magazines. Depuis la nuit des temps, nos corps témoignent de ce que nous sommes à un moment donné. Ils trahissent nos excès, nos défaillances, affichent des musculatures de rêve ou débordent d'adiposité, quel que soit le genre ou la couleur de peau.
On constate néanmoins que la supériorité musculaire du mâle s'impose à travers les âges ; quels que soient les régimes, alimentaires ou politiques ; et outre le fait avéré et peut-être injuste que le mâle est plus enclin à développer du muscle et la femelle de la graisse ; et qu'il est autorisé à rester debout pour se vidanger, même si cela n'a pas grand-chose à voir. Fort de cet atavisme tombé du ciel par la foudre d'un Dieu masculin, « à notre image » nous disent les férus de religiosité, la prise de pouvoir du mâle a pu se faire à grand renfort de guerres sanglantes, de joutes meurtrières, avec poignes de fer et mécaniques spéciales biscoteaux : imposantes catapultes, pesants baquets d'huile bouillante, lourdes hallebardes pointues, chars mastoc, puissants canons et autres horreurs indicibles, pour des prises de territoires

presque exclusivement masculines avec biceps et carrés de chocolat ; le cerveau n'y étant pas pour grand-chose, car le meilleur stratège a toujours eu besoin de bras bien musclés pour s'imposer.
Mais puisqu'une parenthèse (ou plutôt une faille !) est ouverte sur ces guérillas menées par des seigneurs moyenâgeux très inspirés, évoquons-les un brin : s'ils protégeaient leurs peuples contre d'autres seigneurs tout aussi inspirés, chacun les logeant à l'abri de hauts murs d'enceinte, la monnaie d'échange restait tout de même la main basse sur une grande partie de la production agricole, des terres, des animaux, du pain, des biens matériels et... des femmes ! Donc, rien de moins qu'une sorte de grand racket organisé entre tous ces seigneurs très inspirés, afin d'asservir les populaces et violenter allègrement la gent féminine, avec droit de cuissage, passe-droit, passe-debout, crochets et autres ingénieux rossignols ou passe-partout. Et à l'endroit ciblé où s'entremêlent guerre, sexe et mépris du genre féminin, on peut aussi s'intéresser, pendant qu'on y est, aux religieux, puisqu'ils sont connus pour toujours fourrer leur nez partout...
Allaient-ils prier pour la paix en voyant les hordes de barbares s'entredéchirer ? Que nenni ! Ce pathétique génotype masculin soutenu par l'Église dans sa posture sociétale hypocrite, n'a aucunement égrainé son chapelet en silence. Pour rejoindre les mâles au combat, l'homme d'église n'a pas

non plus retroussé ses manches, mais plutôt sa soutane, surtout devant ces appâts féminins esseulés. Grâce à des contrats frauduleux qu'ils offraient à leurs proies en guise de laisser-passer pour le paradis, la voie était on ne peut plus libre pour ces mâles si peu orthodoxes ou si peu catholiques. Clément d'Alexandrie, pour ne citer que lui, grand Homo sapiens lettré, Grec et chrétien, parle d'eux dans ses écrits en ces termes : « des boucs lascifs, adeptes de la mise en commun des femmes au cours de bacchanales mémorables ». *Barba non facit philosophum…*

D'ailleurs, en fouillant plus profond dans les annales de l'Homo erectus en mal de copulation, le nicolaïsme, de son nom savant, est une doctrine où les relations sexuelles deviennent la clef du royaume des cieux, associée étroitement à la simonie, qui elle s'intéresse au trafic des biens spirituels… Ainsi, pendant que les hordes d'Homo brutalicus de ces époques reculées s'adonnaient à leurs passions guerrières, les courtisanes non épilées du maillot, parmi les plus nanties, leur tricottaient des cottes de mailles devant la cheminée, avec des mines déconfites, tout en se faisant trousser par des Homo erectus à tonsures et à soutanes légères. Des siècles sont passés, tant d'eau a coulé sous les ponts ; nous devrions être enfin sortis de ce marasme. Ouf ! Or, la situation ne s'est que trop peu améliorée (sauf pour les cottes de mailles) en ce qui concerne la dominance musculaire de nos super mâles-à-biscoteaux sans tact ni cervelle. À part quelques groupuscules de femmes guerrières, là-bas, en Afrique subsaharienne et au Moyen Orient, ni les biscoteaux de notre modernité à forte tendance androgyne, ni les épaules carrées des camionneuses de l'Ère soviétique postrévolutionnaire n'ont réussi à contrecarrer cette avidité et cette férocité hyper machiste. Les oligarques notoires nés sur les ruines de l'ex-Urss sont toujours et encore des Homo sapiens bien couillus. Ils restent eux aussi debout pour pisser, tandis que leurs réseaux spécialisés nous font toujours miroiter des blondes à nattes et à nichons sur 36 machin-chose et sur les sites consacrés. Elles n'hésitent pas, quant à elles, à lâcher-prise pour se mettre à quatre pattes - tandis que par ici, sur notre morceau de Terre situé plus à l'ouest et soi-disant protégé des dérives guerrières ou des invasions barbares, les grands mouvements féministes issus des *sixties* tirent toujours désespérément la langue, malgré les progrès accomplis par les chapelles d'aujourd'hui pour le bien de tous dans cette immense vallée de larmes. Snif ! Je ferme la parenthèse avant de générer un nouveau conflit ou de manquer d'air dans ma périphrase…

Pif Paf Pan ! Et vlan ! pass'-moi l'éponge,
Et v'lan ! fais-moi gligli… !

Mais puisque ce sujet grave est quasiment à la mode, et qu'il détrône aussi les problèmes politiques majeurs avec des potins médiatiques plus à même d'intéresser le citoyen abêti en évinçant du débat public les luttes sociales, les problèmes économiques et les urgences écologiques, Leïla et moi continuons impunément sur notre lancée : la hiérarchie militaire ou bureaucratique a permis à certains hommes de prendre le pouvoir sur des femmes de manière violente et éhontée ! Ce n'est pas un scoop du mouvement *Me Too* sorti de l'écran noir plastifié suspendu sur le mur d'en face : c'est ce que j'entends entre des phrases sentencieuses, alors que Leïla me relate avec amertume les problèmes qu'elle a connus avec un supérieur.
Elle ne tient pas à entrer dans les détails, (dommage, c'eut éclairé le débat quant à une soi-disant beauté fautive et provocatrice ou au sempiternel manque de respect et au barbarisme masculin), mais elle y revient souvent, à ce supérieur, généralisant pour noyer le poisson.
Pudique, d'accord ; mais réprimée aussi.

De nos jours, avec ce grand flottement entretenu par les médias et les responsables politiques dans la foule d'urgences à traiter, on peut donc aisément mettre en cause publiquement le comportement outrancier d'un homme, sans pour autant remettre la guerre en question, ni les invasions barbares, ni l'ultralibéralisme, ni l'impérialisme russe-chinois-américain, ni la famine, ni les génocides ou la bêtise. Bigre ! La fameuse évolution en prend un sacré coup ; un certain féminisme de pacotille aussi. Heureusement, il y a l'autre, le VRAI, ou mâles et femelles se rejoignent enfin dans la lutte politique et sociale, dans l'amour, dans la jouissance physique, dans l'émotion partagée, pour une cause commune qui ne vise pas à établir l'unisexe ou à casser du mec, mais qui lutte pour l'égalité des droits et la justice pour tous, quel que soit le genre. Le seul mouvement qui pourrait sauver la société. On a eu chaud ! Waouff !

Car l'homo sapiens pourrait aussi finir son évolution en prônant à l'unisson l'obligation de la violence envers les femmes - comme le fait déjà une partie de la jeunesse, histoire de leur fermer le clapet une fois pour toutes -, ou finir entre personnes asexuées, portant chacune sa précieuse éprouvette sous le bras, en vue d'une reproduction bien dosée et quasi numérique, sans odeur, sans sécrétion, sans poil ni peau, ni quéquette ni foufoune, et surtout sans peur, sans reproche et sans débat.
Quel affront cruel pour ceux qui auraient tant voulu profiter avec gratitude du paquet cadeau de Dame Nature, et qui ont

dû, faute de chance ou de compatibilité, se plier à ce stratagème futuriste débarrassé des corps et de ses féeries aphrodisiaques.

Nouvelle interruption.
Pour les infirmières et pour moi, c'est le moment du nettoyage, avec une autre perfusion pour atténuer les dégâts éventuels de la première : acidité, corrosion, allergies, j'en passe. Rien n'est simple dans le domaine de la plomberie organique. C'est un principe de précaution. Cette médecine moderne, sophistiquée, très blanche, vous débarrasse de certains problèmes, mais ne cherche pas leurs causes ; dans la foulée, elle peut créer d'autres déséquilibres qu'il faudra soigner. C'est le serpent qui se mord la queue, mais ça soulage : l'illusion embellit la réalité, les rêves redessinent l'avenir, la médication atténue les souffrances, l'absence de douleur minimise les blessures. La boucle est bouclée dans le meilleur des mondes encore plus blanc que blanc.

Leïla vient de se lever.
Elle va enfin retrouver ses enfants.
Je la vois debout et tout change.
Elle paraît montée sur ressorts, bien faite, musclée. Je la distingue d'en bas, moi l'Homo sapiens raplapla soudé au fauteuil des après-midis veineux ! Non, j'exagère. Je n'ai pas du tout l'air déglingué. À 50

ans, j'en faisais déjà dix de moins. Quand j'en avais 25, j'en faisais dix de plus, avec ma barbe broussailleuse et mon faciès à la *Che Guevara,* que j'entretenais avec une véritable empathie. Le « Che » s'exposait sur un mur de ma chambre. C'était la célèbre photo prise le 6 mars 1960 par Alberto Korda ; celle où le Che s'avance sur la tribune pour observer la foule, avec à ses côtés, Fidel Castro, et non loin de là Simone de Beauvoir et Jean-Paul Sartre. Alberto Korda a appuyé sur le déclencheur au moment-clé. Sa photo a ensuite inondé la planète, grâce aux portraits sérigraphiés de l'artiste pop Andy Warhol en 1968, ainsi qu'à Jim Fitzpatrick, grand admirateur du Che, qui l'a reprise dans un style sérigraphié noir et blanc. J. Fitzpatrick, indigné par « la tentative des bourreaux du Che de le faire disparaître » (sic), crée la célèbre affiche, faisant sciemment œuvre de propagande en distribuant gratuitement des reproductions, et en déclarant cette œuvre « libre de droits pour tout usage révolutionnaire et gauchiste ».

Porté par la vague, j'avais donc le portrait du Che sur le mur de ma chambre, et j'en avais aussi un peu la tête, avec ma barbe broussailleuse et mon faciès devenu plus hispanique que chinois avec le temps ; et j'avais en sus le béret, qu'on se le dise ! Mais rien à voir avec celui de l'Abbé Pierre, car dans mon esprit, la révolution devait être féroce et ne pouvait être pacifique. Or, finalement, j'étais pacifiste jusqu'au bout des ongles, moi, l'antimilitariste babacool, qui a refusé de porter les armes en se faisant exempter P4 au service militaire.

En tant que comédien, ce fut mon premier grand rôle. Je pense que le psychiatre était bon public. Il m'a tendu quelques pièges, mais n'a pas insisté face à mon investissement émotionnel.
J'avais bien préparé le terrain avec une mise en condition digne de l'*Actors Studio,* restant isolé pendant ces trois jours, ne parlant à personne, évitant les vieux camarades lourdauds rencontrés dans les couloirs, qui cherchaient à tout prix à marquer des retrouvailles haut et fort.
Je me suis aussi appliqué à remplir les questionnaires des tests avec ce qui me semblait être le garant d'un état mental imaginaire défaillant, en tout cas inadapté à une vie en communauté ou à tout ce qui touche de près ou de loin la vie en groupe.
Une fois de retour chez moi, et après avoir continué ce petit jeu du solitaire pendant tout le voyage en train (il circulait, disait-on, dans les wagons, des inspecteurs en civil qui faisaient leurs enquêtes en observant discrètement, afin de coincer les fraudeurs), j'ai pu retrouver nombre d'activités régulières : troupe de théâtre, groupe de

musique, vie en colocation ou en communauté, sexualité débridée ! Enfin, tout ce qui n'est pas possible pour le solitaire maladif, asocial, névrosé, bon pour être réformé P4 au service militaire obligatoire...

Ma maturité physique de barbu chevelu à la cubaine m'a permis de goûter non seulement à des femmes sublimes par leur corps, mais aussi des femmes sublimes dans leur tête : des intellectuelles, des érudites, ou des femmes plus âgées que moi, férues d'art, de culture et de politique, qui ont su pourvoir à ma formation d'Homo erectus encore vert, par une science des plus complètes et des plus exquises qui forçait mon admiration et mon goût de l'aventure. On pourrait dire que pendant que je leur prêtais mon corps de jeune premier, elles me prêtaient leurs rêves de combattantes au grand cœur.

À l'époque, ce sont les années soixante-dix et on ne cherche pas à casser du mec à tout prix, bien que les femmes revendiquent leur émancipation haut et fort, que le machisme et les phallocrates en prennent pour leur grade, alors qu'ils s'accrochent fortement à leurs rêves paternalistes de réactionnaires endurcis. On est enfin dans la liberté sexuelle après des siècles de galère ! La pilule est autorisée depuis décembre 1967 et en 1974, la majorité

passe à 18 ans. Puis l'avortement est autorisé en 1975 grâce à la loi Veil ; et lorsque j'ai 19 ans, certaines de mes amantes n'en ont que 16 ou 17 ; c'est normal, même si elles sont encore mineures au regard de la loi. Comme je suis un parfait inconnu au sein de la multitude, ça passe comme une lettre à la poste, selon l'expression consacrée. Dans ce contexte libérateur, comment ne pas évoquer, en évitant d'éplucher dans les moindres détails, ma première et très frauduleuse grande histoire d'amour vécue quelques années plus tôt ?
Nous sommes alors en septembre 1970 ; c'est la rentrée ; ce sont aussi les prémisses de cette décennie engendrée par mai 68...

Ma professeure de dessin est âgée de 22 ans. Elle est plutôt mignonne, assez entreprenante, et moi, je suis un explorateur, depuis toujours. Elle devient assez vite ma reine des amours illicites, après son invitation à la patinoire, suivie d'un café bu chez elle, à l'abri des regards indiscrets.
Alors que je suis encore mineur du haut de mes presque 15 ans, je découvre avec elle les délices de la sexualité vécue en couple, grâce à son corps en émoi, libre et offert, à ma force vitale adolescente toute neuve, ou par nos déjeuners pris sur le pouce et en catimini aux abords du collège ; ou encore par ces cafés bus au lit

après l'amour, en écoutant enlacés, dans une odeur et une chaleur corporelle qui restent gravées dans ma mémoire, *The Stranger Song* ou *Suzanne* de Leonard Cohen, ou en planant sur *The Times They Are A-Changin'* de Bob Dylan - un autre gaucher - (chaque fois que j'entends ces musiques-là, tout me revient), ou en écoutant les artistes français de la Rive gauche comme Mouloudji, Vian, Ferrat, Nougaro, Ferré, Brassens, Béranger, Brel, Barbara, et j'en passe...
Elle m'initie avec tact et sans aucune emprise à l'amour physique, à la politique et aux mouvements contestataires de l'après 68, m'entraîne chez des amis profs, me fait lire la presse de gauche en sortant mon nez d'Astérix, de Tintin ou de Gaston Lagaffe, pour aller d'abord chez Bretécher, Hara-Kiri, l'Huma, puis vers La Cause du peuple, Libération et la librairie Maspero. Elle me présente Albert, qui n'est pas celui qui joue de l'harmonica à la radio dans *Âge tendre et têtes de bois*, mais qui est un copain curé défroqué avec qui nous écoutons Boby Lapointe et Anne Sylvestre, tout en nous poilant comme des collégiens !

Depuis l'temps que j't'attends,
que j't'attends,
depuis l'temps que j't'attends,
que t'attends mon prince charmant...
Voilà j'arrive mon aimée... ♫♩

Le long métrage « Mourir d'aimer », réalisé par André Cayatte en 1971, n'arrive qu'un an après notre rencontre. Ce drame met très fortement en avant les risques que nous encourons vis-à-vis de la loi, surtout elle, car notre aventure dure trois ans (Beigbeder n'a rien inventé), contre vents et marées, à raser les murs ou presque, jusqu'à notre rupture en fin août 1973.

Son petit appartement est composé d'une chambre, d'un WC sur le palier et d'une cuisine avec douche. Il devient pendant ces trois ans, le berceau d'un amour secret et interdit, que jamais personne n'aura pu nous ravir. Un amour passionné, passionnel, charnel, transpirant la beauté humaine, la liberté sexuelle. Mais du sexe et de l'amour, fait-on jamais la différence ? Je sais pourtant que la séduction n'a rien à voir avec les nichons ou les jambes fuselées ; que c'est dans la tête. L'amour étant de se confronter à l'inconnu, nous nous aimons aveuglément, sur fond d'idéal politique, de discussions enflammées à propos d'arts plastiques (c'était son domaine), de littérature et des nombreuse dérives de la société bourgeoise. Cela me fait certainement murir, de toutes les façons, car en allant aux cours, je sens de plus en plus les différences avec mes camarades de classe encore boutonneux et inexpérimentés, que je dépasse aussi physiquement

d'une tête ; ils n'ont aucune idée de ce que je suis en train de vivre secrètement.
Très vite mes amis deviennent des amis plus âgés, plus matures peut-être, en tout cas plus engagés dans les mouvements sociopolitiques, avec des discussions plus intellectuelles m'ouvrant sur la découverte d'écrivains incontournables, sur des films de la nouvelle vague, sur le cinéma engagé italien ou allemand, et plus généralement sur l'art foisonnant de cette grande époque contestataire et salutaire qui m'enchante.
Je découvrirai aussi plus tard, grâce à des compères érudits en la matière, tout l'univers de la musique pop anglo-saxonne, et aussi tout ce qui l'accompagne bien souvent... Physiquement, je ne serai véritablement à ma place que vers quarante ans, peut-être. La fleur de l'âge, ainsi que le disent les poètes, avec une brindille entre les dents.

Or, qu'en est-il aujourd'hui, en 2023 ?
Dans mon esprit, je crois que rien n'a fondamentalement changé. Je crois même être resté fidèle à l'enfant que j'ai été dans les années soixante (ou au jeune adulte des années soixante-dix). Je défends toujours les mêmes idées que cet enfant, il me semble, mais avec le poids du monde et du corps en plus. Quand cet enfant plane dans mes souvenirs, je l'imagine me souriant avec complicité et gratitude de ne pas

l'avoir trahi. En 1968, je n'ai pas fait péter mon dernier pétard à Nouvel An sur les douze coups de minuit, comme tout le monde, ni sur les barricades au mois de mai, comme certains. J'avais une autre idée en tête : je me suis juré de le faire éclater en l'an 2000 ! chiffre hautement symbolique pour l'adolescent que j'étais. J'ai donc gardé ce précieux pétard dans différentes caches au fil du temps, notant au fur et à mesure sur le petit baril de poudre, les dates de chaque année écoulée. Lorsque j'oubliais, ou que j'avais vraiment la tête ailleurs, ou que je n'avais pas mon pétard à portée de main, je me rattrapais les années suivantes, en gribouillant toutes les dates omises. Ce pétard n'était pas le centre de ma vie, bien entendu, mais il était là, gardé bien au chaud, pour la postérité. Je l'ai oublié plusieurs années, mais il m'a suivi dans mes déménagements, et au moment où j'emballais mes affaires, il frétillait chaque fois comme un gardon. C'eut été dommage de ne pas le remettre à l'eau. Mis à jour, il continuait alors sa vie dans le fleuve du temps.

En l'an 2000, le petit baril de poudre affichait trente-deux dates ! J'ai fait éclater ce trophée de la pyrotechnique rescapé de l'adolescence en compagnie de mes enfants qui avaient 6 et 4 ans, après leur avoir raconté l'histoire. Nous sommes allés dans la rue et avons placé le pétard sur un support en hauteur, afin de mieux apprécier le spectacle. La mèche a eu du mal à prendre, mais après plusieurs essais, une étincelle a fini par jaillir et le petit pétard-relais de ma prime jeunesse a fait boum ! Un boum assez discret, qui n'aurait pas fait sursauter un péquin de passage ni même le cœur chantant de Charles Trenet, mais qui triomphait symboliquement au sein de la réalité spatiotemporelle.

Mes pensées affectueuses se tournèrent alors vers celui qui avait cru à l'adulte que je serai 32 ans plus tard. Je renvoyais la balle à l'adolescent que j'avais été 32 ans plus tôt.

Pendant ces trois décennies, les tentations d'abandonner le pari furent pourtant très nombreuses. Il m'aurait suffi d'un simple revers de main pour liquider cette affaire sans importance majeure.

Or, ni la prétendue sagesse ni la sacro-sainte maturité n'ont eu voix au chapitre. L'adolescent que j'ai été et l'adulte que je suis devenu, avons gagné tous deux notre pari, bien qu'ayant marché sur la Terre à deux époques distinctes, comme par l'entremise d'un curieux phénomène quantique. Comment peut-on trahir l'enfant qui sommeille en nous ? Toute la base de notre construction est là.

J'ai été vraiment heureuse de parler avec vous, me lance Leïla avant de sortir.
Moi aussi, oui. Indéniablement.
C'était agréable, ajoute-t-elle en souriant.
Cet échange de politesse tout à coup, ressemble à un au revoir trop pudique.
Je détaille sa silhouette évanescente qui s'éloigne. C'est une beauté brune et noire au cœur de ce bleu-blanc-pur qui nous cerne. Aucun pfuit-pfuit ne trouble son délicieux mouvement dans l'espace. C'est la force féline d'une femme en route vers sa destinée. Elle prend les traits d'une danseuse de tango bien plantée dans le sol, « vivant la magie de l'instant, s'en délectant, s'en imprégnant, se trempant avec délice dans une source sortie de terre à l'orée du désert »[13].

Encore une heure, le nez dans l'horloge murale. Je vais lire pour tromper toutes les aiguilles du monde...
Cette lecture serait-elle soporifique ?
La scandinave-à-taille-de-guêpe me sort d'une léthargie inopinée et me débranche, comme on le ferait au petit matin blême, d'une lampe restée allumée toute la nuit.
Je me lève, hagard. Mon corps se modifie lentement, je suis appesanti par la gravité de l'homme debout recouvrant sa verticalité après une assise trop longue. Leïla est

[13] Et si c'était nous - petit éloge d'un tango des sens, 2011

encore présente dans ma tête d'Homo sapiens réveillé par surprise. Je reprendrais bien une petite perf, svp ! Rien que pour continuer la conversation ; pour prolonger ce plaisir partagé sans peur et sans reproche.
Pourrait-elle s'allonger sur une route de montagne en pleine nuit, afin de picorer des yeux la profondeur céleste et goûter le poids de la Terre dans un véritable lâcher-prise ? En serais-je moi-même encore capable, après plus de cinquante années de déambulation ? Serais-je encore suffisamment libre et détendu pour couper les fils de la marionnette, ou serais-je uniquement inquiété par la menace d'un bolide surgissant dans la nuit ?
Si la jeunesse est audacieuse par nature, qu'en est-il de la vieillesse ? Installe-t-elle forcément la peur et l'inquiétude dans son cortège de déliquescence ?
L'inéluctable faiblesse physique et mentale aurait alors bon dos en évinçant peu à peu du reste de notre vie, toutes les terres d'aventure encore en friche.

Arriver à mon âge est déjà un cadeau. Or, la plus belle chose quand on en arrive là, est justement de ne pas être sérieux ; de ne pas être terminé et définitif. Je veux pouvoir encore balancer la conscience et la lucidité hors champ ; sentir que ma vie

d'Homo artisticus n'a pas contrarié mon inclination naturelle au bonheur.
Ne jamais mourir sans avoir vécu intensément : c'est l'unique question.
Serge Reggiani me murmure à l'oreille des vers sortis du poème que Boris Vian a écrit en 1952 pendant sa période sombre : « Je voudrais pas crever avant d'avoir connu les chiens noirs du Mexique qui dorment sans rêver (...) Je voudrais pas crever sans savoir si la lune sous son faux air de thune a un côté pointu (...) Je voudrais pas mourir sans qu'on ait inventé les roses éternelles, la journée de deux heures, la mer à la montagne, la montagne à la mer, la fin de la douleur, les journaux en couleur... »

Une grande portion de ma vie est déjà engloutie. Je me sens si fortuné de l'avoir mordue à pleines dents.
À présent, je m'apprête à manger la dernière part du gâteau. Y aura-t-il une cerise en prime ? Quelle en sera le goût, quelle en sera la teneur ? Pourrai-je continuer à m'enivrer sans trêve, ou voler à bord d'une symbolique Triumph filant à 160 km/h au ras du sol ? Saurai-je encore allumer du feu en frottant des pierres ou un morceau de bois, en authentique Cro-Magnon assis dans sa grotte du Périgord ? Le ferai-je avec plus de modernité en captant les rayons du soleil à travers un tesson de bouteille trouvé sur le chemin ? Oserai-je

encore me laisser porter par une rivière impétueuse, en fredonnant entre les dents l'inévitable *« tin-din-din-din-din »* ?
Et dans la somme de tous ces possibles, qu'adviendra-t-il de la sensuelle et musicale piste de l'étreinte, du souffle flamboyant des bandonéons et du chant des violons aux accents tziganes ? Combien de temps pourrai-je encore me planter dans son sol pour y vivre des tangos passionnés et sensibles ? Combien de temps pourrai-je encore rêver sur ma précieuse guitare, à interpréter des morceaux complexes ou aériens, porté par l'émotion et la puissance musicale ? Combien de temps mes doigts auront-ils la vélocité et la finesse du doigté nécessaire pour donner corps à toute ma créativité ?

« Je l'aime tant, le temps qui reste
Je veux rire, courir, pleurer, parler.
Et voir, et croire, et boire, danser.
Crier, manger, nager, bondir, désobéir.
J'ai pas fini, j'ai pas fini...
Je l'aime tant, le temps qui reste... » [14]

Tant d'autres domaines sur lesquels je pourrais m'étendre, de personnes que je pourrais inclure, de souvenirs dont je pourrais parler, me viennent à présent à l'esprit, la liste est longue, mais que je ne

---

[14] Écrit par Jean Lou Dabadie pour Serge Reggiani en 2002.

veux révéler ici, par souci de la juste mesure. Peut-être aussi, parce que lorsqu'on écrit un livre où l'on semble se dévoiler, ce n'est que la pointe de l'iceberg qui émerge. Les plus profonds enfouissements demeurent indicibles. Si un auteur doit avoir des choses à dire, il doit avoir aussi des choses à taire. Il ne peut tout divulguer, jusqu'à sortir parfois des cadavres du placard, à la moindre occasion qui se présente, ou à la moindre phrase jetée sur le papier. On ne règle pas ses comptes de cette façon-là. On ne dévoile pas non plus tous ses jardins secrets à tort et à travers.
Que savez-vous de plus sur moi (ou sur vous) ? Que croyez-vous avoir déniché au fond de nos êtres ? L'écriture est bel et bien une pulsion de vie. Chacun peut y jouer son identité. Elle peut aussi amener chacun d'entre nous à prendre des vessies pour des lanternes, ainsi que je le disais dans mon avant-propos...

Alors quel est mon poids dans l'univers d'aujourd'hui, en marchant sur cette Terre qui semble vieillir au même rythme que moi ? Où est le nécessaire aplomb ?
Qu'en est-il du précieux équilibre ?
Chercher des vérités ne mènerait à rien.
Aussi vaut-il mieux cultiver son jardin habilement avec les incertitudes, en essayant de rester en équilibre, sur le fil. L'immobilité serait mortelle ; et elle le sera un jour,

pour nous tous. Ce sera la seule et unique certitude. Or, nous ne serons plus là pour l'éprouver. La conscience n'appartient qu'à la vie. Tout ce qui ne lui appartient plus n'est que pure spéculation. Ce n'est vraiment pas un scoop.

Depuis ce matin, s'est-il passé quelque chose qui a changé l'idée que je me faisais du monde et de moi-même ? Je marche dans le corridor de la clinique et je perçois la lumière du jour, après une remise en route presque mécanique sous un défilé d'éclairages artificiels. Je passe la porte de verre qui s'est entrouverte sur l'extérieur avec une véritable déférence. Je n'ai pourtant rien d'une star ! Ses ventaux transparents ont pris l'allure de valets de pied futuristes prévenant tout obstacle sur mon chemin, pointant ma destination dans l'espace qu'ils génèrent devant moi. Ouvrent-ils une brèche inopinée sur la caverne d'Ali Baba ou me guident-ils vers les secrets cachés de l'île au trésor ?

Apparemment aucune énigme à l'horizon. L'espace devant moi paraît clair comme de l'eau de roche. Tout est trop automatique autour de moi, avec direction assistée et voie toute tracée, pour un retour au logis légèrement planant, mais en bonne et due forme. Dehors, c'est le monde moderne qui s'exprime sans surprises, avec l'humeur

habituelle des rues, le ronflement des voitures, le tintamarre des bus et des camions. C'est l'ancienne ville industrielle, augmentée de ses hyper connexions contemporaines, et flanquée de ses anciens immeubles grisonnants qui tiennent le coup au fil du temps. Leurs petits frérots flambant neufs poussent à leurs côtés comme des champignons après la pluie, chaussés d'un macadam noir et propre, et érigés là pour une nouvelle postérité.
De grands feuillus centenaires ayant eux aussi avalé les grains du sablier côtoient la verdure citadine agencée au cordeau.
Les jardiniers municipaux sont en pleine action : ils recoiffent les carrés de gazon avec application. Essuyant leurs fronts en sueur, ils revissent leurs casquettes après coup et retroussent leurs manches sous un soleil cuisant.

Je suis l'Homo sapiens debout au milieu de ses semblables, à l'instar de l'œuvre sculptée par Alberto Giacometti en 1947 *L'homme qui marche*, mais en plus épais ou en mieux nourri, visiblement.
Je regarde le monde et je marche sur la Terre, le buste en avant, avec un pied légèrement levé. Et tout en marchant, je médite sur l'œuvre intemporelle de cet artiste pour le moins insatiable : l'allure de ce bronze évoque une quête existentialiste captivante ; sa marche est hardie, tournée

vers l’avenir, alors que sa silhouette filiforme endosse aussi à elle seule tout le poids de l’histoire et du destin. « Elle est l’essence de l’être humain et l’incarnation de l’humanité », a-t-on écrit un jour, à son sujet. Elle marche au sein des vivants de toutes sortes qui peuplent la Terre. Je sais aussi qu’à sa source, avant la série de versions tâtonnantes que l’artiste a enchainées sur plusieurs années, *L’Homme qui marche* était une femme... Elle était imposante, avec un corps androgyne élancé, sans tête ni bras.

Comme chacun d’entre nous, *L’homme qui marche* est aujourd’hui unique au monde, seul exemplaire au sein de la multitude, car le plâtre originel n’existe plus. Force est de constater que nous n’avons plus ni l’un ni l’autre, de moule pour nous refaire. Mon errance est ainsi lancée en roue libre dans les quatre dimensions de l’espace-temps depuis ma naissance sur la Terre, à environ huit minutes-lumière du soleil.
Mais où se trouve ma véritable matérialité, moi qui peux toujours voir la lumière du soleil à l'horizon, alors qu’elle a déjà disparu de cet horizon pendant plus de huit minutes ? Nous savons tous que la notion de temps dans l’espace n’est pas la même pour tout le monde ; que chacun porte sa petite horloge en lui, avec son cadran, ses aiguilles et ses mécanismes complexes.

À l'identique de *L'homme qui marche*, je suis l'Homo sapiens toujours en quête de sens nouveau. Je reste à la fois fragile et victorieux. Et je symbolise comme chacun de nous tous, l'humanité en mouvement. Alors que je médite en toute modestie, avec ce brin de physique et de philosophie, - tout en me demandant si ce sont les effets secondaires de la perfusion, ou une erreur de l'infirmière qui ne m'aurait pas injecté le bon produit ! - il me prend subitement l'envie d'être moi aussi comme cette sculpture de bronze : sans époque, sans genre, sans origine ; d'être moi aussi l'humain générique, sculpté à cheval entre figuration ancestrale et abstraction contemporaine ; saisi en plein mouvement ; en pleine quête de vie, de temps et d'espace, en pleine solitude contemplative, en pleine réflexion.

Or, c'est notre lot commun à toutes et à tous : nous marchons sur la Terre avec nos bustes penchés en avant, un de nos pieds d'argile légèrement levé, l'autre planté dans le sol, avec le corps plombé par notre gravité salvatrice. Nous nous éloignons de notre passé sans forcément nous inquiéter de l'avenir. Et chacun porte avec lui son panier d'arrangements avec la Grande Faucheuse et son fameux cornet de surprises. Nous savons tous que sur la Terre, la vie n'est que mouvement. Aussi vaut-il mieux en être le locataire que le propriétaire. Trop d'attachement nuirait à l'harmonie et à l'équilibre. Nous finirions par nous égarer dans les abysses d'un temps imparti échappant à nos désirs, à nos rêves de sursis, à nos volontés les plus délirantes, les plus utopiques, de proroger l'échéance.

Dix minutes de marche dans une ville plombée par la canicule, en homme bien ordinaire, ainsi que le chantait Charlebois en 1971 ; avec un esprit vagabond et des pensées simples sur le monde…
Après quoi, je ferai face à un autre mystère : celui de l'écriture. À moins que ce ne soit les affres de la création…
Il faudra laisser l'inattendu s'immiscer.
La main et la pensée devront s'accorder au fil des jours, pour un troc particulier, à la fois technique, sensitif, artistique, philosophique et mémoriel.

Quoi qu'il en soit, j'écrirai avant tout pour le plaisir des sens. Assis devant la page blanche, je m'installerai à l'ombre de cerisiers en fleurs établis là pour mon bonheur personnel ou pour les besoins de ma cause. Je savourerai la fraicheur d'un jardin suspendu entre ciel et terre, tout en le souhaitant affranchi d'une trop forte gravité. Je serai l'Homo artisticus assis momentanément à l'écart de la foule, loin

d'un monde beaucoup trop agité pour moi. Je ferai glisser ma plume d'oie informatique en silence, sur de beaux rectangles blancs émergeant de l'écran et réceptifs à ma voix intérieure. Je tenterai d'y mesurer le poids de mes mots, l'audace du partage, la gravité, la légèreté, tout en subodorant la possible caresse échangée entre humains consentants, marchant résolument sur la Terre, avec leur poids de rêves et d'amour. Et alors que je connais l'état du monde, que je pressens les risques de catastrophe planétaire que nous encourons, que je vois combien l'Homo sapiens fait fausse route en marchant sur la Terre de façon égoïste et autoritaire, dédaignant et manipulant le monde du vivant qui l'entoure, qu'il se tire une balle dans le pied en voulant dominer la vie plutôt que d'y prendre part en beauté, avec grâce et avec art, que les magnats de l'ultralibéralisme mondialisé organisent nos appréhensions pour mieux nous asservir aux seules lois du marché et de la spéculation, j'écouterai le flamboyant *« What a Wonderful World »*, sortie en 1968 et chanté par Armstrong.
Je l'écouterai avec une nostalgie heureuse.

Avec tous mes remerciements à Corinne, Pierre, Biana, Isabelle, Régine, Michel, Laurence, pour leur précieuse contribution lors de la finalisation de ce livre.

https://marcanstett.wixsite.com/livres-spectacles

Édition : BoD - Books on Demand, info@bod.fr
Impression : BoD – Books on Demand
In de Tarpen 42, Norderstedt, Allemagne
Impression à la demande

ISBN : 978-2-3225-3747-1
Dépôt légal : juin 2024